헤르만 헤세

1877년 독일 남부 칼브에서 선교사의 아들로 태어났다. 어린 시절 시인이 되고자 수도원 학교에서 도망친 뒤 시계 공장과 서점에서 수습사원으로 일했으며, 열다섯 살 때 자살을 기도해 정신병원에 입원하는 등 질풍노도의 청소년기를 보냈다. 이십 대 초부터 작품 활동을 시작하여 『페터 카멘친트』, 『수레바퀴 아래서』, 『인도에서』, 『크눌프』 등을 발표했다. 스위스 몬타뇰라로 이사한 1919년을 전후로 헤세는 개인적인 삶에서 커다란 위기를 겪고, 이로 인해 그의 작품 세계도 전환점을 맞이한다. 술과 여인, 그림을 사랑한 어느 열정적인 화가의 마지막 여름을 그린 『클링조어의 마지막 여름』과 『데미안』이 바로 이 시기를 대표하는 작품들이다. 헤세는 이 작품들과 더불어 소위 '내면으로 가는 길'을 추구하기 시작했다. 헤세가 그림과 인연을 맺은 것도 이 무렵이며, 이후 그림은 음악과 더불어 헤세의 평생지기가 되었다. 그는 이어 『싯다르타』, 『황야의 이리』, 『나르치스와 골드문트』, 『동방순례』, 『유리알 유희』 등 전 세계 독자들을 매료하는 작품들을 발표했고, 1946년에 『유리알 유희』로 노벨 문학상을 수상했다. 1962년 8월, 제2의 고향인 스위스의 몬타뇰라에서 영면했다.

환상 소설

환상 소설

헤르만 헤세

Märchen und
Erzählungen

정서웅 옮김

민음사

"하프를
연주하도록
하라."

『룻기』 중에서

[폴로] 증예서

나는
오래된
윤무곡 하나를
아네.

오,
나무 그늘
밑을 흐르는
조그만 샘,
너 아름다운
은빛 샘물아

나의
아버지는
왕이랍니다.

[본문 | 중예시]

이제
백합과
장미꽃이
피었네,

그 어느 때보다
희고 빨갛게.

『훔루』중에서

[부록] 중해서

이제 그는
부활했다네.

차례

#룰루 21   #사랑에 빠진 젊은이 80

#세 그루의 보리수 88

#신들의 꿈 94   #전쟁이 두 해 더 계속된다면 100

#남쪽의 낯선 도시 112   #마사게타이족의 나라에서 120

#밤의 유희들 127   #노르말리아로부터의 보고 137

#성탄절과 두 어린이의 이야기 155   #까마귀 166

작품 해설_헤세 문학의 환상성 177

작가 연보 187

룰루

젊은 날의 한 체험
E. T. A. 호프만[1]을 회상하면서

1

아름다운 옛 도시 키르히하임[2]은 방금 내린 짧은 여름비에 말끔히 씻겼다. 빨간 지붕들, 풍향계와 정원의 울타리들, 둑 위의 관목 숲과 밤나무들이 즐겁고 활기차게 싱싱한 빛을 발하고 있었다. 무뚝뚝한 콘라트 비더홀트 노인은 역시 무뚝뚝한 아내와 함께 여전히 정정한 나이에 대해 은근히 기뻐했다. 말끔해진 대기 속으로

---

[1] E. T. A. Hofmann(1776~1822). 독일의 작곡가이자 낭만주의 작가로 환상적인 작품을 많이 썼다. 대표작으로『칼로풍의 환상 작품집』,『밤의 풍경들』(1816/1817),『세라피온 형제들』(1819~1821), 장편 소설『악마의 묘약』(1815/1816),『브람빌라 공주』(1820),『수고양이 무어의 인생관』(1819/1821) 등이 있다.

[2] 독일 남부 바덴뷔르템베르크주에 있는 작은 도시. 헤세가 서점에서 점원을 하던 튀빙겐시가 가까운 거리에 있다.

태양이 다시금 강렬한 열기를 내리쏟았다. 나뭇가지에 매달린 마지막 빗방울이 햇빛을 받아 영롱하게 반짝였고, 넓은 둑길 위로 다정한 광채가 넘쳐흘렀다. 희희낙락 뛰어가는 아이들을 강아지 한 마리가 멍멍 짖으면서 뒤따라갔다. 줄지어 자리한 집들을 따라 노랑나비 하나가 이리저리 나풀거리며 불안하게 날고 있었다.

둑의 밤나무 밑, 우체국에서 오른쪽으로 세 번째 벤치에 여행을 즐기는 시인 헤르만 라우셔가 친구 루트비히 우겔[3]과 앉아 있었다. 그들은 기분 좋게 내린 비와 다시 얼굴을 내민 푸른 하늘에 대해 즐겁고 유쾌한 대화를 나누었다. 라우셔는 자신의 마음속에 담긴 환상적인 생각들을 결부시키며 버릇대로 지칠 줄 모르고 이야기보따리를 풀어 나갔다. 시인이 멋진 이야기를 길게 늘어놓는 동안 조용하고 다정한 루트비히 우겔은 보이힝겐 쪽으로 이어진 국도를 여러 차례 바라보았다. 그곳에서 올 친구를 기다리는 중이었다.

"내 말이 맞지 않아?"

시인은 활기차게 외치면서 벤치에서 약간 몸을 일으켰다. 등받이가 다소 불편한 데다 마른 나뭇가지 한 토막을 깔고 앉았기 때문이었다.

"그렇지 않느냐고?"

---

3 헤세는 튀빙겐의 헤켄하우어 서점에서 함께 일했던 친구 루트비히 핑크를 '우겔'이라고 불렀다. 법학도였던 우겔은 헤세처럼 시를 썼기 때문에 함께 '소동인(petit cenacle)'이라는 모임을 만들었다.

그는 다시 한번 외치면서 왼손으로 나뭇조각을 집어 던지고 바지에 난 나무 자국을 폈다.

"아름다움의 본질은 빛 속에 들어 있음에 틀림없어. 자네 그렇게 생각하지 않는가?"

루트비히 우겔은 눈을 비볐다. 그는 말을 듣고 있지 않았다. 라우셔의 마지막 질문만을 알아들었을 뿐이었다.

"물론이지. 물론이야." 그는 성급하게 대꾸했다. "여기서는 그것을 볼 수가 없지. 그건 바로 슐로터베크네 헛간 뒤에 있으니까 말이야!"

"뭐가 어째?" 헤르만이 거칠게 소리쳤다. "헛간 뒤에 뭐가 있다는 거야?"

"외틀링겐 말일세. 카를에겐 다른 길이 없어. 틀림없이 그쪽으로 올 거야."

여행을 즐기는 이 시인은 언짢은 표정으로 밝고 넓은 국도 위를 말없이 바라보았다. 두 젊은이를 벤치에 앉아 기다리게 하자. 그늘이 아직 한 시간쯤은 그곳에 드리워 있을 테니까. 그동안 슐로터베크네 헛간 뒤쪽으로 가 보자. 그곳에서 외틀링겐 마을이나 아름다움의 본질을 찾을 수는 없지만 고대하던 친구인 예비법학도 카를 하멜트가 있을 것이다. 그는 벤들링겐에서 휴가를 보내고 돌아오는 길이었다. 그런대로 괜찮은 모습이었지만 일찍 뚱뚱해진 몸집이 우스꽝스럽게 뒤뚱거렸다. 영리하나 고집스러워 보이는 얼굴에 우뚝 솟은 콧날이 기이하게 내민 입술이며 오동통한 뺨과 영 어울리지 않았다. 좁은 셔츠 깃 위로 주름 많은 넓은 턱이 보이고 이마와 중절모 사이에는 땀에 젖은 짧은 머리카락이 드리워 있었다. 그는 잔디밭에 사지를 뻗고 누워 편안히 자고 있는 것 같았다.

정오의 뜨거운 햇볕을 받고 오느라 지쳐 그는 정말로 잠이 들었다. 그러나 그의 선잠은 편안하지 않았다. 기이하게 환상적인 꿈이 그를 괴롭혔다. 그는 어느 낯선 정원에서 이상한 나무들 밑에 누워 양피지로 된 옛날 책을 읽고 있었다. 그 책은 글자가 이상하게 뒤얽힌 데다 전혀 생소한 외국어로 쓰여 있어 하멜트는 도무지 이해할 수가 없었다. 그럼에도 그는 읽어 나갔고, 점차 글의 내용을 이해하게 되었다. 마술을 부리듯 꼬불꼬불하게 뒤얽힌 소용돌이 장식과 글자로부터 영상들이 나타나 색색으로 반짝이다가는 다시 사라졌다. 마치 마법 램프에서 줄지어 나타나듯 이 영상들은 아주 오래되고 정말로 있었던 이야기를 차례차례 보여 주었다.

부적인 청동 반지가 라스크샘의 사악한 마술로 탈취당해 난쟁이 왕의 수중에 떨어진 바로 그날 아스크궁의 밝은 별이 빛을 잃기 시작했다. 라스크샘은 고갈되어 거의 눈에 띄지 않는 은빛 실오라기처럼 흘렀고, 오팔 성 아래로 땅이 가라앉았으며, 활 모양의 지하실은 흔들리면서 일부가 무너져 버렸다. 백합 정원에서는 끔찍한 죽음이 시작되었다. 두 개의 왕관을 쓴 백합 왕만이 한동안 뽐내며 꼿꼿이 서 있었다. 에델충[4] 뱀이 고리를 이루듯 촘촘히 휘감고 있기 때문이었다. 황량한 아스크시에는 환희의 소리와 음악 소리가 멎고 말았다. 오팔 성에서조차 하프의 마지막 현이 은은한 노래를 멈추자 아무런 음향도 더 이상 들리지 않았다. 왕은 밤낮으로 석상처럼 커다란 연회장에 홀로 앉아 자신의 행복이 끝난 데 대해 줄곧 의아해했다. 그도 그럴 것이 그는 프로문트[5] 대왕 이래로 모든 왕 가운데 가장 행복한 왕이었기 때문이다. 오네라이트[6] 왕이 붉은 외투를 입고 커다란 홀에 앉아 놀라움을 되씹고 있는 모습은 보기에도 안쓰러웠다. 고통이라는 선물을 받지 않고 태어난 그였기에 울 수도 없었다. 아침저녁으로 날마다 들리던 음악 대신 죽음 같은 정적이 흐르고 문에서는 릴리아 공주의 나지막한 흐느낌이 새어 나올 뿐이었다. 다만 드물게 습관처럼 터져 나오는 짧은 웃음소리가 그의 마음에 충격을 주었다. 그전의 행복했던 날에는 매일 스물네 번의 두 곱을 웃어 대곤 했다.

    궁의 신하들과 하인들도 모두 바람같이 흩어져 버렸다. 홀에는 왕과 슬픔에 잠긴 공주 외에 충복 하더바르트만이 남아 있었다. 그는 궁중의 시인이자 철학자이자 어릿광대의 직책을 갖고 있었다.

---

4   Edelzung. '고귀한 혀'라는 뜻의 독일어.
5   Frohmund. '기쁨의 입'이라는 뜻의 독일어.
6   Ohneleid. '고통이 없는'이라는 뜻의 독일어.

청동 부적의 힘은 비겁한 난쟁이 왕과 마녀 치셸기프트가 나누어 가졌다. 그들의 지배 밑에서 세상이 어떠했으리라는 것은 능히 짐작할 수 있는 일이었다.

아스크 왕국의 영화는 종말을 고했다. 어느 날 왕은 단 한 번도 웃지 않았다. 그날 저녁 그는 릴리아 공주와 충복 하더바르트를 텅 빈 연회장으로 불렀다. 뇌우가 몰아치는 날이었다. 검고 커다란 아치형 창문을 통해 번갯불이 음산하게 비쳐 들었다.

"짐은 오늘 단 한 번도 웃지 않았노라."

오네라이트 왕이 말했다.

어릿광대가 왕 앞으로 나서며 몇 차례 아주 험상궂게 얼굴을 찡그렸다. 수심에 찬 늙은 얼굴이 너무 절망적으로 일그러져 공주는 시선을 돌려야 했고, 왕은 웃을 생각도 못 한 채 무거운 머리를 흔들 뿐이었다.

"하프를 연주하도록 하라." 왕이 외쳤다. "어서 연주하라!"

이 말에 두 사람의 마음은 찢어지는 듯했다. 하프 연주자와 악사들이 떠나 버렸다는 것, 마지막으로 두 명의 충복만이 궁에 남았다는 것을 왕은 모르고 있었다.

"하프에 현이 하나도 없습니다."

하더바르트가 말했다.

"그래도 연주해야 돼."

왕이 말했다.

하더바르트는 릴리아 공주의 손을 잡고 홀 밖으로 나왔다. 그는 황폐해진 백합 정원의 고갈된 라스크샘으로 공주를 안내했다. 그리고 대리석 수조에 남은 한 움큼의 물을 퍼내어 그녀의 오른손에 부었다. 그들은 그것을 가지고 왕에게 돌아왔다. 이제 릴리아 공주는 이 샘물로부터 일곱 가닥의 빛나는 현을 뽑아 하프 위에 드리웠다. 샘물이 여덟 번째 현까지 미치지 못해 공주는 자신의 눈물을 사용해야 했다. 이제 그녀는 빈손으로 떨면서 현을 퉁겼다. 그리하여 옛날의 달콤했던 환희의 선율이 다시 한번 홀 안을 가득 채웠다. 그러나 곡을 연주하고 나자 모든 현이 끊어졌다. 마지막 현이 끊어져 노래가 그쳤을 때 천둥소리가 둔중하게 울렸다. 그러자 오팔 성의 둥근 천장이 요란한 소리를 내면서 무너져 내렸다. 하프 선율에 따라 부른 마지막 노래는 이러했다.

>하프의 은빛 가락은 멈춰야 하네.
>하지만 언젠가는
>하프의 노래 다시 울릴 거야.
>이것과 똑같은 윤무곡이.

(라스크 샘물의 참 이야기가 끝나다.)

예비 법학도 카를 하멜트는 기다리다 못한 두 친구가 한 마장 거리의 국도를 걸어와 잔디밭에 누워 있는 그를 발견할 때까지 꿈에서 깨어나지 못했다. 두 친구는 그의 게으름에 대해 거친 말로 쓴소리를 해 댔다. 그러나 하멜트는 대꾸하지 않고 다만 고개를 까딱거려 인사를 할 뿐이었다.

"좋은 아침일세!"

우겔은 유난히 불쾌했다.

"그래, 좋은 아침이군!" 그는 화를 냈다. "아침 지난 지가 언젠데! 또 외틀링의 선술집에서 빈둥거렸군. 아직도 두 눈에 포도주 기운이 번들거리는데그래!"

카를은 싱긋이 웃으면서 이마를 가린 갈색 밀짚모자를 높이 들어 인사를 대신했다.

"자, 내버려두게나!"

라우셔가 말했다.

세 친구는 도시로 향했다. 정거장을 지나고 시냇물 위에 가로놓인 다리를 건너 둑길을 따라 천천히 '왕관' 여인숙 쪽으로 걸어갔다. 이 집은 키르히하임 친구들이 맥주를 즐겨 마시는 곳일 뿐 아니라 방랑을 좋아하는 시인의 숙소이기도 했다.

그들이 술집 계단에 가까워졌을 때 갑자기 육중한 문이 벌컥 열리더니 하얀 콧수염을 기른 백발 노인이 그들을 향해 번개처럼 빠르게 달려왔다. 노인의 얼굴은 노기를 띠고 몹시 흥분하여 벌겋게 달아 있었다. 세 친구는 그가 늙은 괴짜이자 철학자인 드레디훔이라는 것을 알아보았다. 그들은 계단 발치에서 그의 앞을 가로막았다.

"잠깐만요, 드레디훔 씨!" 시인인 라우셔가 그를 향해 외쳤다. "철학자께서 어찌 이토록 마음의 평정을 잃으셨습니까? 돌아가십시다. 저기서 시원한 맥주를 한잔하며 선생님의 고충담을 들려주십시오!"

철학자는 고개를 들어 의심에 찬 눈초리로 날카롭게 째려보더니 세 젊은이를 알아보았다.

"아, 자네들이군." 그가 소리쳤다. "작은 모임의 회원이 전부 모였구먼! 어서 안으로 들어가 보게, 친구들. 맥주를 마시며 기이한 일을 직접 체험해 보게. 하지만 가슴과 머리 속에 악마들이 들끓는 이 늙은이와 어울릴 생각은 말게나!"

"하지만 드레디훔 선생님, 오늘은 또 어디가 불편하신가요?"

연민의 정을 느끼며 루트비히 우겔이 물었다. 그러나 즉시 계단 난간 쪽으로 떠밀리며 비틀거렸다. 철학자가 옆구리를 주먹으로 쥐어박았기 때문이었다. 노인은 노기등등해 저주의 말을 내뱉으며 거리를 향해 달려갔다.

"못된 치셀기프트 같으니라고." 그는 내달리면서 울부짖었다. "불행한 부적으로 적청색 꽃이 마법에 걸렸다! 그 유일한 것을 잘못 다루어 산산조각 냈다. …… 사악한 사탄의 희생물…… 고통에 찬 기억이 되살아난다……"

어리둥절해진 세 젊은이는 고개를 흔들었다. 그러나 화난 노인을 가도록 놔두고 술집 계단을 올라가려 했다. 그때 다시금 문이 열리더니 보좌 신부인 빌헬름 빙골프가 문을 나서면서 안쪽을 향해 다정한 작별 인사를 보냈다. 밑에 서 있던 사람들은 그에게 쾌활하게 인사하고 무슨 일이 있기에 온 얼굴에 축복의 광채가 넘쳐 나는지 물었다. 그는 통통한 집게손가락을 의미심장하게 곧추세우더니 시인을 다정히 옆으로 끌어당기고는 익살맞은 미소를 지으며 귀에 대고 속삭였다.

"생각 좀 해 보게나. 내가 오늘 난생처음 시 한 수를 썼단 말일세! 그것도 지금 막!"

시인은 안경의 가느다란 금테 위아래로 두 눈동자가 튀어나올 만큼 눈을 크게 떴다.

"한번 읊어 주세요!"

그는 크게 소리쳤다.

보좌 신부는 세 친구를 향해 다시 한번 집게손가락을 세우더니 눈을 지그시 감고 자신의 시를 읊었다.

완전함이여,
좀처럼 그것을 보기 어렵지만 나 오늘은 보았네!

한마디도 빠짐없이 낭독한 후 그는 모자를 흔들면서 세 친구를 떠났다.

"웃기는군!"

루트비히 우겔이 말했다. 시인은 말없이 곰곰 생각에 잠겼다. 그러나 잔디밭에서 깨어난 후 아직 한마디도 하지 않았던 카를 하멜트가 힘주어 말했다.

"그 시 좋은데!"

다소 이상한 감정에 사로잡히긴 했지만 목이 컬컬해진 친구들은 이제 더 이상 방해를 받지 않고 서늘한 주점 왕관으로 들어갔다. 그것도 젊은 여주인이 몸소 시중을 드는 좋은 방으로 안내받았다. 이런 낮 시간에는 늘 그랬지만 그들은 유일한 손님이었기에 여주인과 함께 공손하면서도 익살맞은 인사를 나누었다.

그러나 세 사람 모두 들어가 착석하기 무섭게 뭔가 이상한 기분이 들었다. 즉 그 작달막하고 통통한 여주인이 오늘 처음으로 전혀 예뻐 보이지 않았다. 그러나 곧 은연중에 그 이유를 알게 되었다. 말끔한 식탁의 뒤편 어슴푸레한 복도 쪽에서 아름다운 낯선 소녀의 얼굴이 나타났기 때문이었다.

2

두 번째로 적지 않게 묘한 일이 또 있었다. 옆에 있는 조그만 탁자에 에리히 텐쳐가 앉아 있었는데 들어오는 사람들을 바라보지도 않고 인사를 건네지도 않았다. 그는 모임의 중요한 회원이자 특히 카를 하멜트의 절친한 친구였다. 그의 앞에 반쯤 마신 맥주잔이 놓였고, 그 잔엔 노란 장미꽃이 꽂혀 있었다. 그는 약간 튀어나온 커다란 눈을 천천히 굴렸다. 그의 생전에 이렇듯 바보처럼 보인 적이 없었다. 때때로 그는 그 우람한 코로 장미 향기를 킁킁

맡으며 거의 가자미 눈초리로 낯선 소녀를 흘끔흘끔 훔쳐보았다. 이러는 그의 얼굴 표정은 왠지 평소와 달라 보였다.

세 번째로 기이한 일은 에리히 옆에 그 늙은 드레디훔 씨가 아주 느긋하게 앉아 있는 것이었다. 그는 쿨름바허 맥주 작은 병을 앞에 놓고 입에는 주인이 피우는 쿠바산 담배 한 대를 물고 있었다.

"원 세상에, 드레디훔 씨 아니세요?" 헤르만 라우셔가 자리에서 벌떡 일어나면서 외쳤다. "어떻게 여기 계시나요? 방금 선생님이 둑 위쪽으로 달려가시는 걸 보았는데……."

"게다가 노기등등해 주먹으로 제 배를 내지르기까지 하셨지요!"

루트비히 우겔이 외쳤다.

"언짢게 생각지 말게나." 철학자는 아주 매력적인 미소를 날리며 응답했다. "언짢게 생각지 말게, 친애하는 우겔 군! 그대들에게 쿨름바허 맥주를 권하고 싶구먼!" 그러면서 그는 조용히 잔을 비웠다.

그동안 카를 하멜트는 여전히 넋이 나간 듯 축 처져 잔에 꽂힌 장미꽃을 들여다보고 앉아 있는 에리히를 향해 소리쳤다.

"자네 자나?"

에리히는 고개를 쳐들지도 않고 대답했다.

"아마 자고 있지 않을걸."

"아마 자고 있지 않다니, 그런 말이 어디 있나?"

우겔이 소리쳤다.

그때 술집 카운터 뒤에서 소녀의 머리가 움직였다. 아름답기 짝이 없는 낯선 소녀가 자태를 드러내고는 친구들의 테이블로 다가왔다.

"뭘 드시겠어요, 손님들?"

아름다운 여인의 그림 앞에 넋이 빠져 서 있는데 갑자기 그림의 풍경 속에서 그 미인이 살아서 걸어 나온다면 어떤 기분일까? 지금 이 순간 모임의 형제들이 바로 그랬다. 세 사람은 모두 의자에서 벌떡 일어나 제각기 허리 굽혀 인사했다.

"아름답고 순박한 여인이로다!"

시인이 말했다.

"오 아가씨!"

우겔도 한마디 거들었다. 그러나 카를 하멜트는 아무 말도 하지 않았다.

"자, 쿨름바허 맥주를 마시겠습니까?"

아름다운 아가씨가 물었다.

"네, 좋아요."

루트비히가 말하자 카를이 고개를 끄덕였다. 그러나 라우셔는 붉은 포도주 한 잔을 청했다.

날씬하고 상냥한 아가씨가 우아한 솜씨로 술 시중을 들자 그들은 당황한 가운데서도 찬탄의 말을 되풀이했다. 그러자 그녀의 뒤쪽 구석에서 작달막한 키의 뮐러 부인이 종종걸음으로 다가왔다.

"이 미욱한 아이한테 너무 과분하게 대하지 마세요, 신사분들. 제 이복동생인데 일손이 달려 우릴 도우러 온 아이예요. 주방으로 가거라, 룰루.[7] 손님들 곁에서 알짱대서는 못쓴다."

룰루는 천천히 물러갔다. 철학자는 분개해 쿠바산 시가를 질겅질겅 씹었고, 에리히 텐처는 몽롱한 시선으로 소녀가 사라진 쪽을 바라보았다. 세 친구는 화가 나고 당황해 아무 말도 하지 못했다. 여주인은 그들의 비위를 맞추려고 창가에 놓인 화분을 가져와 탁자 위에 놓으면서 떠벌려 댔다.

"이 화려한 꽃잎을 좀 보세요! 이 꽃은 아주 희귀해서 아는 사람이 드물답니다. 오 년 혹은 십 년에 한 번씩만 핀다고 해요."

모두 유심히 그 꽃을 바라보았다. 앙상하고 긴 줄기에 달린 붉은 꽃봉오리가 가볍게 하늘거리며 이상한 향기를 은은하게 내뿜고 있었다. 철학자 드레디훔은 몹시 흥분해 여주인과 꽃을 향해 날카로운 시선을 던졌다. 그러나 아무도 관심을 보이지 않았다.

그때 갑자기 다른 테이블에 앉아 있던 에리히 텐처가 껑충 뛰어 다가왔다. 그리고 거칠게 꽃을 뽑아 들고는 한걸음에 주방으로 사라졌다. 드레디훔은 조롱에 찬 웃음을 가볍게 터뜨렸다. 여주인

---

7 1899년 8월 헤세가 튀빙겐을 떠나 스위스 바젤의 서점에 일자리를 구해 떠나게 되었을 때 '소동인' 모임의 회원들은 키르히하임에서 며칠을 함께 보냈다. 그때 헤세는 한 음식점 주인의 아름다운 조카딸 율리에와 사랑에 빠졌다. 회원들은 그녀를 '룰루'라고 불렀다.

은 놀라 소리를 지르며 에리히의 뒤를 따르다가 의자에 치마가 걸려 나뒹굴었다. 급히 따라가려던 우겔이 그녀를 뛰어넘었고, 시인이 그 뒤를 따르려고 벌떡 일어나는 바람에 포도주 잔과 화분이 함께 떨어져 박살이 났다. 철학자는 속절없이 누워 있는 여주인에게 덮치듯 달려들어 그녀의 얼굴에 두 주먹을 들이대고는 이를 드러냈다. 우겔과 라우셔가 걸린 외투 자락을 잡아당기느라 애쓰는 것에도 아랑곳하지 않았다.

　　이 순간 술집 주인이 달려 들어왔다. 철학자는 돌변해 부인을 부축해 일으켰다. 옆방에서는 농부와 마부들이 문밖에서 일어나는 이 희한한 광경을 멍하니 바라보았다. 주방으로부터 룰루의 울음소리가 들려왔다. 에리히가 완전히 엉망이 된 꽃을 들고 그곳에서 나왔다. 모두 자신을 책망하고 그를 나무라듯 질문을 퍼부으며 웃으면서 그에게 몰려갔다. 그러나 그는 절망에 찬 사람처럼 망가진 꽃을 마구 흔들면서 모자도 쓰지 않은 채 밖으로 나가 버렸다.

　　3

　　다음 날 아침 친구들인 카를 하멜트, 에리히 텐처, 루트비히 우겔은 헤르만 라우셔의 새로운 시를 듣기 위해 그의 하숙방에 모였다. 커다란 포도주 병이 테이블 위에 놓여 있었고, 각자 손수 따라 마셨다. 시인은 우아한 시들을 낭송한 뒤 가슴 주머니에서 마지막

시가 적힌 조그만 종이쪽지를 꺼냈다. 그는 읽었다.

"릴리아 공주에게……"

"뭐라고?"

카를 하멜트가 소리치며 안락의자에서 벌떡 일어났다. 약간 언짢아하면서 라우셔는 위의 제목을 한 번 더 읽었다. 그러나 카를은 깊은 생각에 잠겨 꽃무늬 방석에 다시 앉았다. 시인은 낭독했다.

> 나는 오래된 윤무곡 하나를 아네.
> 그 맑은 은빛 노래는
> 이상하고도 독특하게 울린다네.
> 마치 나지막한 바이올린 선율에서
> 향수(鄕愁)의 마법이 유혹하듯 울려 나오고……

하멜트는 다른 두 사람이 계속 노래를 귀 기울여 듣도록 내버려두지 않았다.

"릴리아 공주…… 은빛 노래…… 옛 윤무곡……"이라고 서너 번 되풀이해 말했다. 그러다가 머리를 흔들고 이마를 문지르고 허공을 망연히 바라보다가 이글거리는 격렬한 시선을 시인에게 던졌다. 라우셔는 읽기를 마치고 하멜트의 눈을 올려다보았다.

"무슨 일이지?" 라우셔는 놀란 듯 외쳤다. "방울뱀이 가엾은 새를 노려보듯 나를 바라보나?"

하멜트는 깊은 꿈에서 깨어난 것 같았다. "자네 이 시를 어떻게 얻었나?" 그는 억양이 없는 말로 시인에게 물었다. 라우셔는 어깨를 으쓱했다.

"다른 모든 시처럼 생각해 냈네."

"그리고 릴리아 공주는?" 하멜트가 다시 물었다. "옛 윤무곡은? 이 시가 자네가 지은 시들 가운데 유일하게 사실이라고 보지 않나? 자네의 다른 시들은 모두……"

라우셔가 그의 말을 재빨리 가로막았다.

"좋아, 사실은……" 하고 라우셔는 말을 이었다. "사실은 말일세, 여보게들. 이 시는 나 자신에게도 수수께끼라네. 나는 아무 생각도 않고 앉아 있었네. 그리고 지루함을 잊기 위해 습관대로 종이 위에 어떤 형상과 글자들을 끄적거렸지 아마. 그러고 나니 종이 위에 이 시가 쓰여 있는 거야. 내가 쓴 것과는 완전히 다른 필적으로. 자, 이것 좀 보게나!"

그러면서 그는 먼저 앉아 있는 에리히의 손에 종이를 넘겨주었다. 에리히는 눈앞에 종이를 들고 있다 몹시 놀라 다시 한번 날카롭게 주시했다. 그런 다음 큰 소리로 외치며 의자에 파묻혔다.

"룰루!"

우겔과 하멜트가 덤벼들어 종이를 들여다보았다.

"원 이런!"

우겔이 소리쳤다. 그러나 하멜트는 안락의자에 몸을 기대고 그 이상한 종이쪽지를 형언하기 어려운 놀라움이 깃든 표정을 지으며 관찰했다. 더할 나위 없는 기쁨과 섬뜩한 놀라움이 그의 얼굴 위에서 교차하고 있었다.

"라우셔, 말 좀 해 보게." 마침내 그가 외쳤다. "이것은 우리의 룰루인가, 아니면 릴리아 공주인가?"

"쓸데없는 소리!" 시인이 화를 내며 소리쳤다. "이리 주게!"

그러나 종이를 받아 다시 한번 훑어보는 동안 그는 갑자기 낯설고 차가운 전율이 일면서 심장의 고동이 멎는 것 같았다. 불규칙하게 휘갈겨 쓴 글자들이 흐르듯 모여들어 형언할 수 없는 방식으로 어떤 머리 모양의 윤곽을 그렸다. 좀 더 오래 지켜보노라니 그 윤곽으로부터 한 소녀의 아름다운 얼굴이 만들어졌다. 그것은 바로 아름답고도 낯선 룰루였다.

에리히는 돌처럼 굳어 안락의자에 앉아 있었다. 카를은 무언가를 중얼거리며 의자에 드러누웠고, 그 옆에서 우겔은 고개를 절레절레 흔들었다. 시인은 방 한가운데에 창백한 얼굴로 망연자실하고 서 있었다. 그때 어떤 손이 그의 어깨를 두드렸다. 시인이 놀라 고개를 돌리자 철학자 드레디훔이 거기 서서 닳아빠진 모자를 들어 인사를 보냈다.

"드레디훔 씨!" 시인이 놀라 소리쳤다. "맙소사, 천장에서 떨어져 내려오기라도 하셨나요?"

"뭐라고, 라우셔 군?" 노인은 미소를 지으며 대꾸했다. "나는 두 번이나 문을 두드렸다네. 내게도 좀 보여 주게나. 여기 멋진 원고를 갖고 있군그래!"

그는 시 혹은 그림이라고 해도 될 원고를 라우셔의 손에서 조심스럽게 빼앗았다.

"내가 종이를 한번 봐도 되겠지? 언제부터 자네는 이런 골동품을 수집하고 있나?"

"골동품이라고요? 수집한다고요? 이 종이쪽지를 잘 아시나요, 드레디훔 씨?"

노인은 종이를 들여다보면서 사뭇 유쾌한 표정으로 만지작거렸다.

"물론, 알고말고." 그는 싱긋이 웃으면서 대답했다. "이미 오래전에 사라진 책의 한 부분일세! 아스크 시대의 것이지."

"아스크 시대라고요?" 카를 하멜트가 외쳤다.

"그렇다네, 예비 법학자 나리." 철학자가 다정하게 말했다. "하지만 친애하는 라우셔 군, 어디서 이 희귀한 물건을 구했는지 말해 주게나. 이것은 더 연구해 볼 가치가 있네!"

"터무니없는 이야기입니다, 드레디훔 씨." 시인이 답답하다는 듯이 말하며 웃었다. "이 종이는 새것입니다. 제가 바로 어젯밤에 여기에 썼는걸요."

철학자는 의심하는 눈초리로 라우셔를 훑어보았다.

"솔직히 말하는데……" 그가 대답했다. "정말 솔직히 말하는데 그런 농담은 나를 적이 불쾌하게 만드는군."

라우셔는 이제 정말 화가 났다.

"드레디훔 씨……" 그는 격하게 외쳤다. "제발 그 어릿광대

짓으로 절 혼란스럽게 만들지 마세요. 정 그 희한한 역을 연출하고 싶으시면 제 집이 아닌 다른 무대를 찾아보십시오."

"좋아, 좋아." 드레디훔은 즐거운 표정으로 미소를 지었다. "아마도 자네는 이 일에 대해 다시 한번 곰곰 생각하게 될 걸세! 그동안 모두 잘 있게나, 친구들!"

그러면서 그는 초록빛이 아른대는 모자를 백발이 된 머리에 눌러쓰고 말없이 밖으로 나갔다.

아래층에서 드레디훔은 아름다운 룰루가 빈 홀에 홀로 서서 포도주 잔들을 행주로 닦고 있는 모습을 발견했다. 그는 술통에서 자신의 잔에 술을 가득 따른 후 소녀의 맞은편 테이블에 앉았다. 아무 말도 건네지 않고 이따금 부드러운 눈길로 아름다운 소녀의 얼굴을 다정하게 바라보았다. 그의 호의를 느낄 수 있었기에 소녀는 스스럼없이 일을 계속했다. 철학자는 빈 잔 하나를 움켜쥐고 그 안에 약간의 물을 채워 넣었다. 그러고는 물에 적신 잔의 가장자리를 집게손가락 끝으로 문지르기 시작했다. 곧 윙윙거리는 소리가 들리더니 맑은 소리로 변했다. 그 소리는 중단됨이 없이 때로는 부풀었다가 때로는 가늘어졌다가 하면서 방 안 가득 울려 퍼졌다. 아름다운 룰루는 이 멋진 가락을 즐겁게 들었다. 잠시 일손을 놓고 귀 기울여 들으면서 수정처럼 감미로운 영원의 음조에 매료되었다. 노인은 종종 잔으로부터 시선을 들어 그녀의 눈동자를 다정하게 응시했다. 유리잔에서 나오는 음향이 온 방 안에 넘쳐흘렀다. 룰루는 아무런 생각 없이 그 한가운데에 조용히 서 있었다.

무언가를 엿듣는 어린아이처럼 두 눈을 동그랗게 뜨고 있었다.

"늙은 왕 오네라이트는 아직 살아 있나요?"

그녀는 어떤 음성이 묻고 있음을 느꼈다. 그것이 노인의 물음인지, 아니면 유리잔의 음향으로부터 나오는 목소리인지 알 수 없었다. 그러나 그녀는 고개를 끄덕여 질문에 응답했다. 왜 그랬는지는 몰랐다.

"그리고 아직 질베를리트[8] 하프의 노래를 알고 있나요?"

그녀는 끄덕일 수밖에 없었다. 왜 그랬는지는 몰랐다. 수정의 음향이 더 나지막하게 울렸다. 목소리가 물었다.

"질베를리트 하프의 현은 어디에 있나요?"

음향이 점점 더 낮게 울리면서 작고 부드러운 물결이 되어 일렁거렸다. 그러자 아름다운 룰루는 울지 않을 수 없었다. 왜 그랬는지는 몰랐다.

방 안은 완전히 조용해졌다. 그렇게 한참을 지났다.

"왜 울지요, 룰루?"

드레디훔이 물었다.

"어머나, 제가 울었던가요?" 그녀가 수줍은 듯이 대답했다. "제 어린 시절의 노래 한 곡이 떠오르려고 해서요. 하지만 그 노래를 절반도 생각해 낼 수가 없어요."

그때 문이 휙 열리더니 뮐러 부인이 달려 들어왔다.

---

8 Silberlied. '은빛 노래'라는 뜻의 독일어.

"뭐야. 아직도 유리잔 몇 개에 매달려 있는 거니?"

그녀는 나무라면서 소리쳤다. 룰루는 다시 울었다. 여주인은 떠들썩거리며 꾸짖었다. 두 여인은 철학자가 짤막한 담뱃대로 엄청나게 큰 연기 고리를 만들어 낸 다음 그 위에 올라앉아 산들바람에 실려 조용히 사라지는 모습을 보지 못했다.

4

조그만 모임의 회원들은 인근 숲속에 모였다. 공무원 시보인 오스카 리플라인도 함께 왔다. 친구들은 풀밭에 누워 젊음과 우정에 넘치는 열광적인 대화를 나누었다. 그것은 웃음이 터지거나 잠시 골똘히 생각하느라 자주 중단되었다. 며칠 후 여행을 계속하게 될 시인의 생각과 계획이 주로 화제에 올랐다. 친구들은 그와 언제 어떻게 재회하게 될지를 몰랐다.

"난 외국으로 가려 하네." 헤르만 라우셔가 말했다. "모든 것에서 떠나 주위로부터 다시 신선한 공기를 맛봐야겠어. 아마 다시 돌아오긴 할 거야. 하지만 지금으로선 이 편협하고 풋내기 어린애 같은 생활이며 싫증 나는 공부 따위에 완전히 질렸네. 내 모든 것이 담배와 맥주 냄새에 절어 있는 것 같아. 게다가 지난 몇 년 동안 예술가는 너무 많은 학문을 섭취하느라 진이 다 빠져 버렸네."

"어떻게 그런 말을 하는 거야?" 오스카가 끼어들었다. "교양이 없는 예술가, 특히 시인이 꽤 많다는 생각이 드는데."

"아마 그럴 거야!" 라우셔가 대답했다. "하지만 교양과 학문은 별개야. 내 생각 속에 있는 위험한 것은 점점 추구해 들어가는 그 빌어먹을 의도성이란 말일세. 모든 것은 머리를 통해야 하고, 모든 것을 이해하고 측량할 수 있어야 하네. 우리는 시험하고 자신을 측량하네. 자기 재능의 한계를 찾고 스스로를 실험해 보는 거야. 그리고 마침내 뒤늦게 알게 되는 것은 자신과 예술의 보다 훌륭한 부분을 무의식중에 비웃었던 젊은 날의 감동 속에 남겨 두었다는 사실일세. 이제야 우리는 팔을 뻗어 그 가라앉은 순수의 섬을 찾는 거야. 하지만 그 역시 강렬한 고통 때문에 전혀 생각 없이 한 행동이 아닐세. 거기에는 또다시 뭔가 의도성, 즉 몸짓과 계획이 담겨 있는 거야."

"그래서 자네가 생각하는 게 뭐지?"

카를 하멜트가 미소를 지으며 물었다.

"자네도 이미 잘 알 텐데!" 라우셔가 외쳤다. "그래, 고백하지. 최근 출간한 내 책[9]이 날 불안하게 한다네. 나는 다시 충만함으로부터 창조하는 법을 배우고 근원으로 되돌아가야겠네. 아주 새로운 작품을 쓰기보다 무언가 유용한 삶을 신선하고 구애받지 않으며 살고 싶네. 다시금 유년 시절처럼 시냇가에 눕거나 산을 넘

---

9   1899년 7월 출간된 헤세의 산문집 『자정이 지난 뒤의 한 시간(Eine Stunde hinter Mitternacht)』을 가리킨다.

거나, 아니면 바이올린을 연주하거나 여자애들의 뒤를 쫓아다니고 싶어. 자연의 푸름 속에 잠겨 살면서 나의 내부에서 시가 나올 때까지 기다리고 싶어. 숨 가쁘고 불안하게 그 뒤를 쫓는 대신에 말이야."

"자네 말이 옳아."

갑자기 드레디훔의 목소리가 들려왔다. 그는 숲에서 걸어 나와 풀밭에 누워 있는 젊은이들 한가운데에 섰다.

"드레디훔 씨!" 모두 기뻐서 소리쳤다. "안녕하세요, 철학자 선생님! 좋은 아침이에요, 신출귀몰님!"

노인은 잔디밭에 앉았다. 담배를 힘껏 빨고 나서 호인답게 다정한 얼굴을 라우셔 시인에게 향했다.

"사실은……." 하고 그는 미소를 지으며 말했다. "아직도 내 마음속에는 한 조각 젊음이 남아 있어 다시 한번 젊은이들 틈에서 마음껏 지껄여 보고 싶네. 허락한다면 자네들의 환담에 끼고 싶구먼."

"좋습니다." 카를 하멜트가 말했다. "우리 친구 라우셔가 방금 어떻게 시인이 무의식으로부터 창작을 해야 하는가, 모든 학식이 얼마나 그에게 쓸모없는가에 대해 말하고 있었습니다."

"나쁘지 않군!" 노인이 천천히 대답했다. "나는 늘 시인들에게 각별한 호감을 가지고 있네. 나와 유익한 우정을 나누고 있는 시인도 많아. 시인들이란 오늘날에도 삶의 한가운데에는 어떤 영원한 힘과 아름다움이 은밀하게 깃들어 있다는 믿음을 다른 사람들보다 더 강하게 갖고 있는 사람들일세. 그러한 힘과 아름다움에 대한 예감은 이따금 한밤중에 번개가 치듯 수수께끼 같은 현재 속에서 빛난다네. 그들은 일상적인 삶과 자기 자신들을 아름다운 커튼 위에 그려진 그림에 불과하다고 여기지. 이 커튼 뒤에서 비로소 원래의 삶, 진정한 삶이 연출된다는 거야. 또한 내게는 위대한 시인의 아주 고귀하고 영원한 말이 몽상가의 웅얼거림으로 보이네. 자신도 모르게 저편 세계의 높은 곳을 힐끗 바라보고 무거운 입술로 중얼대는 그런 몽상가 말일세."

"아주 훌륭합니다." 여기서 오스카 리플라인이 외쳤다. "정말 멋지게 말씀하시는군요, 드레디훔 씨. 하지만 고리타분하지는 않고 그렇다고 새로운 말도 아니군요. 그런 몽상적인 설교는 오래전 소위 낭만주의자들이 했던 거지요. 당시 사람들도 그런 커튼과 그런 번갯불을 꿈꾸었습니다. 학교에서는 그런 시인병을 다행히 극복했다고 말할 정도로 오늘날에는 이미 더 이상 그런 꿈을 꾸는 사람이 없습니다. 혹시 그런 꿈을 꾸더라도 그는 잘 압니다. 자신의 두뇌가……"

"그만하게!" 예비 법학도 하멜트가 외쳤다. "100년도 훨씬 더 전에 이미 그런…… 그런 정신병자들이 존재해 지루한 연설을 했군요. 오늘날에도 여전히 그런 몽상가들은 자신들이 아주 약삭빠른 현실주의자들보다 더 당당하고 사랑받는다고 생각하지요. 꿈 얘기가 나왔으니까 말인데, 요 며칠 저도 아주 특이한 꿈을 꾸었답니다."

"그 이야기를 좀 해 보게나!" 노인이 청했다.

"다음에 하지요!"

"말하고 싶지 않다고? 하지만 짐작이 가긴 하네만."

드레디훔이 말했다.

카를 하멜트가 큰 소리로 웃음을 터뜨렸다.

"그러면 우리 한번 시도를 해 보세나!" 드레디훔이 고집을 부렸다. "우리 각자가 질문을 하나씩 내놓기로 하세. 그에 대해 자네는 정직하게 예 혹은 아니오로 대답해야 하네. 알아맞히지 못하더라도 재미있는 소일거리는 될 것 같은데."

모두 동의하고 이런저런 질문을 던졌다. 그러나 줄곧 최상의 질문을 한 사람은 철학자였다. 다시 그의 차례가 되자 그는 잠시 생각한 후 이렇게 물었다.

"꿈속에 물이 나왔나?"

"네."

이제 질문에 대해 긍정의 답이 나왔기 때문에 노인은 질문을 또 하나 던져도 되었다.

"샘물인가?"

"네."

"기적의 샘물?"

"네."

"그 물을 다 퍼냈나?"

"네."

"어떤 소녀가?"

"네."

"아니야!" 드레디훔이 외쳤다. "잘 생각해 보게나!"

"맞습니다."

"소녀가 물을 퍼냈단 말이지?"

"네."

드레디훔은 거칠게 머리를 흔들었다.

"그럴 리가 없어!" 그는 다시 말했다. "정말로 소녀가 샘물을 퍼냈단 말이지?"

"아, 아닙니다." 하멜트가 당황해 소리쳤다. "처음에 물을 푼 것은 요정 하더바르트였어요."

"아, 그 얘길 들어 봐야겠군!"

다른 사람들이 환호성을 질렀다. 카를 하멜트는 라스크샘에 대한 꿈 이야기를 모두 털어놓을 수밖에 없었다. 모두 이야기에 귀 기울이며 놀랍고도 기이한 기분에 사로잡혔다.

"릴리아 공주!" 라우셔가 외쳤다. "그리고 은빛 노래? 어째서 그 이름들이 내게 친숙하게 느껴질까?"

"이런……." 노인이 말했다. "그 이름들은 둘 다 어제 자네가 보여 준 아스크 문서에 들어 있다네."

"내 시에!"

시인이 한숨을 쉬었다.

"그 아름다운 룰루의 모습 속에."

카를과 에리히가 속삭였다.

그동안 철학자는 새 담배를 입에 물고 풀밭에 자욱한 연기를 내뿜었다. 그는 마침내 푸른 담배 연기에 온통 휩싸이고 말았다.

"당신은 마치 굴뚝처럼 피워 대는군요." 오스카 리플라인이 담배 연기를 피하면서 말했다. "무슨 담배죠?"

"진짜 멕시코산일세!"

노인이 연기 구름 속에서 소리치고는 연기 내뿜기를 그쳤다. 한 줄기 바람이 자욱한 연기 구름을 몰아냈을 때 노인은 연기와 함께 사라지고 없었다.

하멜트와 라우셔는 흩어지는 연기 구름 뒤에서 나와 숲속으로 달려갔다.

"어리석은 사람들 같으니!"

공무원 시보가 투덜거렸다. 그는 애매한 모임에 참석한 것이 언짢았다. 에리히와 우겔은 이미 자리를 떴다. 그들은 늦은 오후 황금처럼 찬란한 태양빛을 받으며 도시의 술집 왕관을 향해 걸어갔다.

하멜트와 라우셔는 흩어져 가는 담배 연기 자락을 따라 깊은 숲속까지 들어갔으나 어쩔 줄 모른 채 어느 큰 밤나무 앞에 걸음을 멈추었다. 그들이 이끼 위에 앉아 잠시 숨을 돌리려고 했을 때 나무 뒤에서 드레디훔의 목소리가 크게 들려왔다.

"거기가 아닐세, 여보게들. 거기는 너무 축축해. 이쪽으로 오게나!"

그들은 다가갔다. 땅바닥에 이상한 용 모양의 나뭇가지가 놓여 있고, 그 크고 앙상한 나뭇가지 위에 노인이 앉아 있었다.

"와 줘서 기쁘네!" 그가 말했다. "여기 내 옆에 좀 앉게나! 하멜트 군, 자네의 꿈과 라우셔 군, 자네의 원고에 관심이 가네."

"우선……" 하고 하멜트가 격하게 말을 가로막았다. "우선 도대체 어떻게 제 꿈을 알아맞힐 수 있었는지 말씀해 주세요."

"그리고 제 시도 읽었지요?"

라우셔가 덧붙였다.

"그야 그렇지만……" 하고 노인이 말했다. "그게 뭐 그리 놀라운 일인가? 신중하게 질문을 던지면 모든 것을 알아맞힐 수 있는 건데. 게다가 릴리아 공주 이야기는 내가 아주 잘 알고 있어서 쉽게 생각해 낼 수밖에 없었지."

"바로 그거였군요!" 예비 법학도가 외쳤다. "하지만 도대체 그 이야기를 어디에서 들으셨나요? 제 꿈에 대해서는 누구에게도 말하지 않았는데 갑자기 라우셔의 수수께끼 같은 시 속에 떠오르다니요. 그것은 어떻게 설명하시겠습니까?"

철학자는 미소를 지으며 부드러운 목소리로 말했다.

"우리가 영혼과 그 구원에 대해 깊이 생각해 보면 비슷한 경우가 수없이 많다는 걸 알게 되지. 릴리아 공주 이야기도 몇 가지 아주 심하게 변형된 텍스트들이 존재한다네. 오랜 기간 동안 여러 차례 왜곡되고 변화되어 출현하는데 자신의 영상이 주로 편안한 모습으로 나타나길 좋아하지. 게다가 완성 과정이 마지막 단계에 있기 때문에 공주가 직접 나타나는 일은 드물어. 내 말은 그녀가 인간의 모습으로 나타나서 무의식중에 구원의 순간을 기다리고 있다는 거야. 나도 최근에 그녀를 만나 이야기를 나누어 보려고 시도했네. 하지만 그녀는 마치 꿈속에 존재하는 것 같았어. 내가 용기를 내어 질베를리트 하프의 현에 대해 물어봤더니 눈물을 흘리더군."

젊은이들은 두 눈을 크게 뜨고 철학자의 말에 귀를 기울였다. 그들의 마음속에 예감과 공감의 감정이 솟아올랐다. 그러나 드레디훔의 이상하게 뒤얽힌 말버릇과 반쯤 비꼬는 듯 찡그린 얼굴이 그들을 혼란스럽게 만들었다. 이야기의 실타래는 심하게 꼬여 풀어내기가 어려웠다.

"라우셔 군, 자네는 미학자가 아닌가." 철학자는 말을 이었다. "그러니 선과 아름다움 사이에 가로놓인 좁지만 깊은 심연 위에 다리를 놓는 일이 얼마나 유혹적이며 동시에 위험한지를 잘 알 걸세. 우리는 이 심연이 절대적인 분리가 아니라 단지 온전한 존재에 생긴 하나의 균열을 의미한다는 것, 그리고 선과 아름다움 둘 다 각각의 원리가 아니라 진실이라는 원리의 딸들이라는 것을 의심치 않는다네. 둘은 서로 이질적으로 보이지만, 그렇다네, 이 적대적인 봉우리들은 땅속 깊은 곳에서는 하나의 공동체가 되는 거라네. 그러나 우리가 그중 한 봉우리에 올라서서 벌어진 균열을 시시각각 바라보고 있다면 그 인식이라는 게 우리에게 무슨 소용이겠나? 이 심연 위에 다리를 놓는 것, 그리고 릴리아 공주를 구하는 것은 동일한 의미를 지닌다네. 그녀는 우리 영혼이 한번 보기만 해도 무게를 잃고, 그 향기를 맡기만 해도 정신의 강도를 약화시키는 푸른 꽃일세. 왕국을 나누어 가지는 어린아이요, 모든 위대한 영혼의 그리움이 합쳐진 꽃일세. 그녀가 성숙하고 구원되는 날 하프의 은빛 노래가 울리고, 라스크샘이 갓 피어난 백합 꽃밭을 지나 졸졸 흐를 거야. 그걸 보거나 듣는 사람은 평생 악몽을 꾸며 누워 있었던 것 같을 것이요, 이제 처음으로 밝은 아침의 싱싱한 속삭임을 듣게 될 걸세……. 하지만 아직도 공주는 마녀 치셸기프트의 주술에 걸린 채 괴로워하며, 폐허가 된 오팔 성에선 저 재난에 가득한 시간의 천둥소리가 여전히 메아리치고 있다네. 그리고 거기 황량한 홀에는 나의 왕이 여전히 납 같은 꿈의 사슬에서 헤어 나오지 못하고 누워 있다네!"

5

한 시간쯤 지나 두 친구는 숲에서 나왔다. 그들은 루트비히 우겔, 에리히 텐처, 그리고 공무원 시보가 화사하게 차려입은 여인과 드라이 쾨니히 주점을 나와 산으로 올라가는 것을 보았다. 곧 여인이 날씬한 룰루임을 알자 그들은 기쁜 마음으로 서둘러 동료들을 향해 달려갔다. 룰루는 명랑했다. 사랑이 넘치는 부드러운 음성으로 허물없이 대화에 끼어들었다. 산을 반쯤 올라간 후 모두

널찍한 벤치 위에 앉았다. 깨끗한 도시가 빛을 발하며 유쾌하게 골짜기 안에 자리하고 있었고, 주변의 높은 초원에서 저녁의 황금빛 안개가 눈부시게 빛났다. 꿈꾸듯 풍요로운 8월이 화려하게 펼쳐져 있었다. 나뭇잎 사이로 푸른 과일이 주렁주렁 매달렸고, 꽃으로 뒤덮인 마차가 밝게 빛나면서 골짜기 길을 지나 마을과 농가들을 향해 달려갔다.

"무엇이 8월의 저녁을 이렇게도 아름답게 만드는지 모르겠어." 루트비히 우겔이 말했다. "그 때문에 흥겨워지는 건 아니라도 키 큰 풀숲에 누워 황금 같은 시간의 부드러움과 섬세함을 나누어 갖는 거야."

"맞았어." 시인은 맞장구를 치면서 아름다운 룰루의 검고 맑은 눈동자를 들여다보았다. "계절이 끝나 가면 우리를 부드럽게, 혹은 슬프게 만들어. 풍성하게 흘러넘치던 여름의 달콤함이 이 계절엔 연하고 피곤해지거든. 내일이나 모레면 어느 거리에나 벌써 빨간 낙엽이 뒹굴리라는 것을 알게 되지. 이것이 세월이야. 그때마다 우리는 시간의 수레바퀴가 묵묵히, 그리고 천천히 굴러가고 있음을 보게 되지. 그러고는 우리 자신도 서서히, 그리고 슬프게 길 위에 빨간 낙엽들이 누워 있는 어떤 곳으로 내몰리고 있음을 느끼는 거야."

그들은 모두 말없이 늦은 저녁의 황금빛 하늘과 형형색색의 풍경을 바라보았다. 아름다운 룰루가 나지막하게 어떤 노랫가락을 웅얼거렸다. 속삭이는 듯한 웅얼거림이 점점 부드러운 노래로 바뀌었다. 젊은이들은 취한 듯 말없이 귀를 기울였다. 그 고상한 음조의 부드럽고 달콤한 가락은 잠자는 대지의 품에서 나타나는 꿈처럼 축복받은 저녁의 심연으로부터 나오는 것 같았다.

저 멀리 맑은 하늘로부터
모든 평화가 내려온다.
모든 기쁨, 모든 고통이
달콤한 죽음의 노래 속에 스러진다.

이 구절과 함께 그녀의 저녁 노래는 끝났다. 동료들의 발치에 누워 있던 루트비히 우겔이 곧 노래하기 시작했다.

오, 나무 그늘 밑을 흐르는 조그만 샘,
너 아름다운 은빛 샘물아,
저 아래로 은밀히 흘러 숲속의 하얀 성당까지 가거라.
거기 이끼 낀 견고한 계단 위에 성모 마리아가 계시니
조용히 성모님을 불러라, 졸졸 속삭이듯 거칠지 않게.
나지막하게 전해 다오, 나의 깊은 고뇌를.
나의 입은, 아, 죄와 시끄러운 노래로 붉어졌다고.
성모께 나 대신 희고 깨끗한 백합꽃을 전해 다오.
핏빛 같은 내 삶과 내 죄를 용서해 주소서!
아마도 선한 성모께서는 미소 지으며 너를 굽어보실 거야.

> 그 아름다운 흰 꽃에서 감미로운 향기 퍼져 나오리.
> 사랑과 태양을 마시는 것은 시인의 죄이니
> 노래하는 붉은 입은 은총 속에 입맞춤을 받으리라!

뒤를 이어 헤르만 라우셔가 그의 노래 중 하나를 불렀다.

> 피곤한 여름이 머리를 숙이고
> 호수 속에서 자신의 연황색 모습을 바라본다.
> 나는 먼지를 뒤집어쓴 피로한 모습으로
> 그늘진 가로수 길을 헤맨다.
>
> 나는 먼지를 뒤집어쓴 피로한 모습으로 헤맨다.
> 젊음이 내 뒤에 서서 머뭇거리며
> 그 아름다운 머리를 숙이고는
> 나와 함께 앞으로 나아가려 하지 않는구나.

그동안 해가 가라앉았다. 하늘에는 붉은빛이 넘쳐흘렀다. 소심한 공무원 시보 리플라인이 집으로 돌아가자고 성화를 부리자 아름다운 룰루가 다시 한번 노래하기 시작했다.

> 나의 아버지에게는 수많은 성과
> 크고 넓은 도시들이 있었지요.

나의 아버지는 왕이랍니다.
바로 오네라이트왕이랍니다.

멋진 기사가 나타나
나를 자유롭게 해 줄 거예요.
그에게 나의 아버지는 틀림없이
왕국의 절반을 하사할 거예요.

 그들은 자리에서 일어나 노을에 불타는 산을 천천히 내려왔다. 높은 산봉우리 저편에는 아직 스러지지 않은 저녁 햇살이 눈부시게 빛나고 있었다.
 "어디서 그 노래를 배웠나요?"
 카를 하멜트가 아름다운 룰루에게 물었다.
 "그 이상은 나도 몰라요." 그녀가 말했다. "아마도 민요일 거라고 생각해요."
 이제 그녀의 발걸음이 빨라졌다. 갑자기 그녀는 걱정에 사로잡혔다. 늦게 돌아가면 주인아주머니에게 꾸중을 들을 것이 뻔하기 때문이었다.
 "그런 걱정 하지 맙시다!" 에리히 텐처가 격하게 소리쳤다. "뮐러 부인에게 내 의견을 분명히 말해야겠다고 생각하고 있어요. 난 이미 그녀를……"
 "안 돼요, 안 돼요!" 아름다운 룰루가 그의 말을 가로막았다.

"그러면 내가 더욱 난처하게 될 거예요. 나는 가련한 고아예요. 나에게 지워진 짐은 내가 나르겠습니다."

"아, 룰루 양……?" 공무원 시보가 말했다. "그대가 공주라면 내가 자유롭게 해 주고 싶은 마음이군요."

"아니……" 하고 시인 라우셔가 소리쳤다. "그대는 정말로 공주입니다. 우리가 당신을 구해 줄 기사가 못 될 뿐이지요. 하지만 무엇이 우리를 가로막겠소? 내가 오늘 하고야 말겠어. 빌어먹을 뮐러 부인의 멱살을 잡아서……"

"제발, 진정해 주세요!" 룰루가 애원하듯 외쳤다. "내 운명은 나 혼자 이겨 내도록 맡겨 주세요! 오늘 아름다운 저녁을 더 볼 수 없는 게 유감일 뿐이에요."

그들은 이제 별말 없이 도시를 향해 빨리 나아갔다. 룰루는 다른 사람들에게 작별을 고하고 혼자 왕관 술집으로 되돌아갔다. 다섯 친구들은 그녀가 첫 번째 어두운 골목길로 사라질 때까지 그녀의 뒷모습을 바라보았다.

나의 아버지는 왕이랍니다.
바로 오네라이트왕이랍니다…….

카를 하멜트가 혼자 웅얼거렸다. 그러고는 벤들링겐 마을을 향해 귀로에 올랐다.

6

그날 저녁 늦게까지 에리히 텐처는 왕관에 있었다. 라우셔가 촛불을 들고 그의 침실로 가 버리자 에리히는 조용한 홀에 혼자 남았다. 룰루는 아직 테이블에 앉아 있었다. 갑자기 에리히는 맥주잔을 거칠게 옆으로 치우고 아름다운 소녀의 손을 부여잡았다. 그러고는 그녀를 바라보면서 이렇게 속삭였다.

"룰루 양, 당신에게 꼭 말해야겠습니다. 당신을 원망하지 않을 수 없군요. 장차 검사가 되려는 내 마음이 흔들리고 있습니다. 당신은 너무도 아름답소. 누구와도 비교할 수 없이 아름다워요. 그것이 당신과 다른 사람들을 불행하게 만들고 있어요. 애써 변명하려 하지 말아요! 내 왕성했던 식욕이 어디로 갔단 말입니까? 강렬하던 갈증은? 마이젤의 목록을 참고 삼아 열심히 머릿속에 넣어 두었던 시민법 전서의 법 조항들은 어디에 있단 말인가요? 육법전서는요? 형법과 민사 소송법은? 정녕코 그것들은 어디에 있나요? 내 머릿속에는 오직 하나의 조항만이 있을 뿐입니다. 그것은 룰루라고 부른답니다! 거기에 덧붙인 각주는 이렇습니다. 오, 그대 아름다운 이여, 오, 그대 세상에서 가장 아름다운 이여!"

에리히의 두 눈이 튀어나올 정도로 크게 열렸다. 왼손은 울분에 찬 듯 최신 유행의 실크 모자를 찌그러지도록 짓눌러 댔고, 오른손은 룰루의 차가운 손을 꼭 움켜잡았다. 룰루는 불안해하며 빠져나갈 기회를 엿보았다. 카운터에서 술집 주인 뮐러 씨가 코를

골며 자고 있었지만 그를 소리쳐 부르고 싶지는 않았다.

 그때 눈에 띄지 않게 문이 조금 열렸다. 플란넬 소매의 손 하나가 문틈 사이로 들어오더니 하얀 종잇조각 같은 것을 밀어 넣었다. 그것은 나풀거리며 바닥에 떨어졌다. 뒤쪽에서 문은 재빨리 다시 닫혔다. 룰루가 빠져나와 깡충깡충 달려가더니 뭔가 적힌 편지지 한 장을 집어 올렸다. 에리히는 불쾌한 표정으로 말이 없었다. 그러나 룰루는 갑자기 깔깔 웃어 대면서 그에게 종이에 쓰인 것을 읽어 주었다. 거기에는 이렇게 적혀 있었다.

> 아가씨, 당신은 웃음을 터뜨릴 건가요?
> 보세요, 시인의 뜨거운 머리를.
> 당신은 거만하고 냉정하다 여겼겠지만
> 이제 부끄럽게 당신의 발밑에 엎드려 있습니다.
> 온갖 드높은 쾌락은 물론
> 깊은 고통까지 아는 나의 마음은
> 수줍게 당신의 조그만 손안에서 떨고 있습니다!
> 나그네인 내가 발견한 붉은 장미,
> 시인인 내가 노래한 정열의 노래도
> 그리움에 지쳐 시들어 가며
> 불안하게 당신의 발치에 누워 있습니다…….
> 당신은 웃음을 터뜨릴 건가요?

"라우셔구나." 에리히가 격분해 소리쳤다. "이 교활한 녀석! 당신은 진지함을 가장한 이 경박한 녀석의 시구 따위를 믿지 않겠지요? 시구절이라! 그 녀석은 삼 주가 멀다 하고 다른 여인에게 시를 써서 바친다고요!"

룰루는 흥분한 에리히에게 아무 응답도 하지 않고 열린 창문 쪽으로 귀를 기울였다. 그곳으로부터 기타의 어지러운 선율에 섞여 베이스의 음성이 들려왔다.

　　나 여기 서서 학수고대하며
　　기타를 연주합니다…….
　　오, 더 이상 망설이지 말고
　　당신의 가수를 사랑해 주십시오!

한 줄기 바람이 불어와 창문을 쾅 하고 닫았다. 그 순간 술집 주인이 깨어나 짜증스러운 표정을 지으며 카운터 밖으로 나왔다. 에리히는 마시던 맥주를 놓아둔 채 테이블 위에 돈을 던지고는 인사도 하지 않고 홀을 나갔다. 그러고는 한달음에 층계를 내려와 기타 연주자의 뒤로 달려갔다. 그 사람은 다름 아닌 공무원 시보 리플라인이었다. 그는 이내 에리히와 다투고 화를 내면서 둑길 위 밤나무 밑으로 사라져 버렸다.

아름다운 룰루는 홀과 복도의 가스등을 끄고 그녀의 방으로 올라갔다. 헤르만 라우셔의 방을 지날 때 안에서 나는 발걸음 소리, 그리고 이따금 내쉬는 긴 한숨 소리를 들었다. 머리를 흔들며 그녀는 침실로 들어가 몸을 눕혔다. 곧바로 잠들 수가 없어서 다시 한번 그날 밤을 돌이켜 생각해 보았다. 그러나 이제는 더 이상 웃음이 나오지 않았다. 오히려 슬픈 기분이 되었다. 모든 것이 잘못된 익살극 같아 보였다. 그녀의 순수한 마음으로는 모든 사람이 어쩌면 그다지 어리석고 편협하게 자신만을 생각하는지, 그녀에 대해서도 그저 예쁜 얼굴만 칭송하고 사랑하는지 놀라울 따름이었다. 이 젊은 남자들이 그녀에게는 입으로 거창한 말들을 내뱉지만 길을 잘못 들어 조그만 불빛 주위를 맴도는 가련한 밤나방처럼 여겨졌다. 항상 아름다움과 젊음과 장미꽃에 대해 이야기하면서 주위에 다채로운 말의 장벽을 쌓아 올리지만 가혹한 삶의 진실이 낯설게 그들 곁을 지나는 모습이 그녀에게는 슬프고도 우스꽝스러워 보였다. 소녀의 작고 단순한 영혼에는 삶의 예술이란 고통과 미소를 배우는 가운데 존재한다는 진실이 소박하고 깊이 아로새겨져 있었다.

　　시인 라우셔는 침대에 누워 선잠이 들었다. 후텁지근한 밤이었다. 열병을 앓는 듯 미완성의 상념들이 재빨리 뜨거운 머릿속에 솟구쳐 올랐다가는 빛바랜 꿈들인 양 순식간에 사라져 버렸다. 8월 밤의 무더위와 몇 마리 모기들이 내는 집요하고 고통스러운 노랫소리가 의식에서 떠나지 않았다. 모기들의 앵앵거림이 무엇보다 그를 괴롭혔다. 그것은 곧 이런 노래를 부르는 것 같았다.

완벽함이여,
좀처럼 너를 보기는 어렵다. 그러나 오늘은······.

그것은 곧 꿈속에 들리는 하프의 노래가 되었다. 그러자 갑자기 아름다운 룰루가 그의 시를 읽고 그의 사랑을 알고 있으리라는 생각이 들었다. 오스카 리플라인이 기타 선율로 사랑의 세레나데를 바쳤다는 것, 에리히 역시 필경 오늘 밤에 사랑의 고백을 했으리라는 것을 모르는 바가 아니었다. 사랑스러운 연인의 수수께끼 같은 신비로움, 철학자 드레디훔과 아스크의 전설, 하멜트의 꿈이 무의식중에 그녀와 맺고 있는 예감에 가득 찬 연계성, 이국적이고 영혼이 가득한 그녀의 아름다움과 일상 속에서의 불우한 운명, 이런 것들이 시인의 생각을 혼란스럽게 했다. 아주 절친한 모임의 동료들이 갑자기 자석에라도 이끌린 듯 낯선 소녀의 주위를 맴돌고, 그 자신도 작별을 고하고 여행길에 오르는 대신 매 시간 이 사랑스러운 소녀의 그물에 갇혀 벗어나지 못하고 있었다. 이 모든 것을 생각하니 그와 다른 동료들이 마치 환상적인 꿈을 좇는 익살꾼, 또는 괴기한 전설의 주인공들 같았다. 그의 지끈거리는 머릿속에 떠오른 생각은 이 모든 혼란, 그 자신, 그리고 룰루는 늙은 철학자가 쓴 원고에 등장하는 힘없고 의지가 박약한 단편들, 혹은 완성되지 않은 미학적 공론에 시험적으로 배합해 넣은 가정(假定)의 일부분일지도 모른다는 것이었다.

그럼에도 그의 내면에 존재하는 모든 것이 "나는 생각한다. 그러므로 나는 존재한다."[10]라는 불행한 명제에 반발하고 있었다. 그는 자리에서 벌떡 일어나 열린 창가로 걸어갔다. 이제 머리가 한결 맑아졌다. 그는 자신이 시로 사랑을 고백한 일이 절망적인 바보짓이었음을 곧 깨달았다. 아름다운 룰루가 그를 사랑하기는커녕 우스꽝스럽다 생각하고 있으리라고 느꼈다. 슬픈 마음으로 그는 창가에 기대었다. 가볍게 흘러가는 구름 사이로 별들이 얼굴을 내밀었고, 밤나무의 어두운 수관 위로 한 줄기 바람이 불어왔다. 시인은 내일이 키르히하임에서의 마지막 날이 될 것이라고 결심했다. 그와 동시에 슬프지만 구원을 약속하는 체념의 감정이 밀려왔다. 지난 며칠 동안 꿈속에 불안하게 사로잡혀 있었던 그의 피곤한 의식 속으로.

7

다음 날 일찍 라우셔가 술집의 홀로 내려갔을 때 룰루는 벌써 커피 잔들을 정리하고 있었다. 둘은 김이 모락모락 피어오르는 커피를 놓고 마주 앉았다. 라우셔가 보기에 룰루는 눈에 띄게 변해 있었다. 거의 왕족 같은 명석함이 그녀의 깨끗하고 달콤한 얼굴

---

10 프랑스 철학자 데카르트의 유명한 말. 원문에는 그리스어("cogitor ergo sum.")로 명기되어 있다.

위에서 빛나고 있었다. 아름답고 깊은 두 눈동자에는 특이한 선량함과 현명함이 깃들었다.

"룰루, 당신은 간밤에 더 아름다워졌어요." 라우셔가 놀란 듯 말했다. "그것이 어떻게 가능한지 모르겠군요."

그녀는 고개를 끄덕이며 미소 지었다.

"네, 나는 꿈을 꾸었답니다. 꿈을……"

시인은 놀라는 시선을 테이블 너머로 보내며 궁금한 표정을 지었다.

"안 돼요……" 그녀가 말했다. "꿈 이야기를 해선 안 돼요."

바로 이 순간 아침 햇살이 창문을 통해 들어와 아름다운 룰루의 검은 머리카락을 비추었다. 머리카락은 후광처럼 고고하게 황금빛을 띠고 번쩍였다. 슬픔과 기쁨이 뒤섞인 경건함을 지니고 시인의 시선은 이 황홀한 모습에서 떠나지 못했다. 룰루는 그에게 고개를 끄덕이고 다시 미소를 지으며 말했다.

"감사를 드려야겠어요, 라우셔 씨. 어제 나에게 시를 선사해 주셨지요? 전부 다 이해하지는 못해도 아름다운 시 같았어요."

"어제저녁은 참 후텁지근했지요." 라우셔는 아름다운 소녀의 두 눈을 들여다보면서 말했다. "그 종이쪽지를 다시 한번 볼 수 있을까요?"

소녀는 라우셔에게 종이를 주었다. 라우셔는 다시 한번 나지막하게 읊어 보고는 접어서 주머니에 감추었다. 룰루는 말없이 바라보며 사려 깊게 고개를 끄덕였다. 그때 계단 위에서 주인의 발

소리가 들렸다. 룰루는 벌떡 일어나 아침 일을 시작했다. 작고 뚱뚱한 주인이 인사를 하면서 들어왔다.

"안녕하세요, 뮐러 씨!" 헤르만 라우셔가 인사에 답했다. "오늘로 저는 이 집의 마지막 손님이 되네요. 내일 아침 일찍 떠나렵니다."

"하지만 라우셔 씨, 내 생각에는……"

"그럼 좋습니다. 오늘 저녁 차가운 샴페인 몇 병을 준비해 주시고 뒷방도 좀 치워 주세요. 작별 파티를 해야지요!"

"라우셔 씨의 분부대로 하겠습니다!"

라우셔는 술집을 나와 절친한 친구인 루트비히 우겔의 거처로 향했다. 마지막 날을 그와 함께 보내고 싶어서였다.

슈타인가우가에 있는 우겔의 조그만 방에서는 벌써 아침의 음악이 흘러나왔다. 우겔은 셔츠 바람으로 아직 빗질도 하지 않은 채 커피가 놓인 탁자 옆에서 바이올린을 힘차게 켜고 있었다. 그것이 그의 취미였다. 조그만 방에 햇빛이 가득했다.

"자네 내일 떠나려 한다는 게 사실인가?"

우겔이 시인을 향해 외쳤다. 라우셔는 적지 않게 놀랐다.

"자네 그걸 어디에서 들었지?"

"드레디훔에게 들었네."

"드레디훔이라고? 거참 귀신같구먼!"

"그래, 그 노인이 어젯밤 절반을 나와 함께 있었네. 괴상한 사람이더라고! 공주 이야기며, 백합 정원 같은 이야기를 다시 장황하고 현란하게 늘어놓는 거야. 내가 그 공주를 구해야 한다는군. 자네가 진정한 질베를리트 하프가 아니어서 실망했대. 미치지 않았어? 나는 그의 말을 한마디도 이해하지 못하겠더라고."

"나는 이해하네." 라우셔가 조용히 말했다. "그 노인이 옳아."

우겔이 시작한 소나타 연주를 끝낼 때까지 그는 한동안 귀 기울여 들었다. 그다음 둘은 곧 팔짱을 끼고 시내를 떠나 플로힝거 오솔길을 따라 숲속으로 들어갔다. 그들은 거의 이야기를 나누지 않았다. 작별한다는 생각이 둘을 침묵하게 만들었다. 아침 빛이 아름다운 알프스 산들 위에서 따뜻하게 빛나고 있었다. 길이 곧 깊은 숲속으로 굽어졌다. 두 산책자는 길에서 벗어나 시원한 이끼 위에 드러누웠다.

"우리 아름다운 룰루를 위해 꽃다발을 하나 만드세."

우겔이 말하고는 누운 채로 큰 양치류 풀을 꺾기 시작했다.

"그래, 아름다운 룰루에게 줄 꽃다발!" 라우셔가 나지막하게 말했다. 그는 땅에서 키가 크고 붉은 다년생 꽃을 통째로 뽑았다. "이것도 함께 엮어 주게! 붉은 디기탈리스일세. 이것 말고는 그녀에게 줄 것이 없네. 야생적이고 이글이글 붉게 타며 독이 있는……."

그는 더 이상 말하지 않았다. 달콤하고 씁쓸한 무엇이 흐느낌처럼 목구멍에서 솟아올랐다. 우울하게 그는 몸을 돌렸다. 그러나 우겔이 그의 어깨를 팔로 감싸며 곁에 누웠다. 그러고는 분위기를 바꾸려는 듯 연둣빛 잎새들 사이에서 희한한 놀이를 벌이고 있는 햇빛을 가리켰다.

    둘은 저마다 자신의 사랑을 생각했다. 숲의 나무들과 하늘을 바라보며 오랫동안 말없이 쉬었다. 그들의 이마 위로 서늘한 바람이 세차게 지나갔다. 그들의 영혼 위로, 축복받은 젊음 위로 어쩌면 마지막이 될지 모르는 예감에 가득 찬 푸른 하늘이 펼쳐져 있었다. 우겔이 나지막하게 노래를 부르기 시작했다.

    여왕의 이름은 엘리자베트
    스러져 가는 태양의 숨결.
    나는 하나의 이름을 갖고 싶었네.
    사랑하는 여인 엘리자베트
    그 아름다움 앞에 머리 숙이는 이름을.
    그 이름 여린 장미꽃에서 감미롭게
    잎새들에서 그다지도 부드럽고 가볍게
    흰 장미꽃에서 창백하게 흩날리네.
    늦은 저녁의 황금빛 노을을,
    여왕의 입처럼 그토록 오연하게
    여왕의 이마처럼 그토록 깨끗하게
    행복과 고뇌를 노래해야 하리
    그 이름 기쁘고 슬픈 것이어야 하리!

    아름다운 시간의 고요한 슬픔이 라우셔의 가슴을 고통과 즐거움에 젖게 했다. 그는 두 눈을 감았다. 그의 영혼으로부터 오늘 아침 보았던 아름다운 룰루의 모습이 떠올랐다. 태양처럼 신성하게 빛나는, 부드럽고 슬기로우며 가까이 다가갈 수 없는 모습이었다. 그의 심장은 흥분으로 고통스럽게 뛰었다. 그는 한숨을 내쉬며 손으로 이마를 감쌌다. 붉은 디기탈리스꽃으로 부채질을 하면서 노래를 불렀다.

>나는 모자를 벗고
>그대에게 깊이 머리 숙이겠소.
>바이올린을 연주하며 노래하겠소,
>장미처럼 붉고 피처럼 붉은 노래를.
>
>여왕에게 하듯
>당신 앞에서 허리를 굽히겠소.
>장미꽃으로 그대를 치장하겠소,
>피처럼 붉은 장미로.
>
>성모님 앞인 양 무릎을 꿇고
>또한 그대를 위해 기도하겠소.
>거절당한 나의 격렬한 사랑,
>그리고 나의 노래를 바치면서.

노래가 끝나기 무섭게 숲 안쪽에서 철학자 드레디훔이 누워 있는 친구들을 불렀다. 그들은 고개를 들어 덤불숲에서 나오는 그를 쳐다보았다.

"안녕하시오, 친구들!" 그는 가까이 다가오면서 소리쳤다. "아름다운 룰루에게 줄 꽃다발에 이것도 넣어 주게나!"

그는 라우셔의 손에 커다란 백합꽃 한 송이를 쥐여 주었다. 그러고는 유쾌한 표정으로 친구들의 맞은편 이끼 낀 바위 위에 누웠다.

"마법사님, 말 좀 해 주세요." 라우셔가 말했다. "선생님은 어디든 나타나고 모든 걸 아시잖아요. 아름다운 룰루는 도대체 누구인가요?"

"그런 질문을 많이 받았네!" 회색 수염의 노인은 싱긋이 웃었다. "룰루 자신도 그걸 모른다네. 그 애가 저 빌어먹을 뮐러 부인의 이복동생이라는 건 자네도 믿지 않을 거야. 나 역시 믿지 않네. 그 애 자신도 아버지와 어머니를 알지 못했네. 그 애가 고향에서 받은 유일한 편지가 바로 이따금 부르는 그 별난 노래의 시구절일세. 그 노래 속에서 그 애는 오네라이트왕을 아버지라고 부른다네."

"당치 않은 소리!"

우겔이 화를 내며 욕했다.

"어째서 그러는가, 친구?" 노인이 부드럽게 대꾸했다. "하지만 믿으려는 사람은 믿을 수도 있겠지. 그나저나 그런 비밀은 너무 지나치게 캐는 게 아닐세……. 라우셔 군, 듣자 하니 내일 우리와 이곳을 떠난다면서? 얼마나 착각이 쉬운 건지! 나는 자네가 훨씬 더 오래 머물 거라고 장담했었네. 내 생각에 자네가 룰루 때문에……"

"됐습니다. 됐어요.!" 라우셔가 발끈하여 그의 말을 거칠게 가로막았다. "왜 선생님은 다른 사람들의 연애 행각이나 기웃거리고 다니시나요!"

"너무 흥분하지 말게!" 철학자는 미소를 지으며 그를 진정시켰다. "그런 게 절대 아닐세. 다른 사람들의 운명, 특히 시인의 운명이 어떻게 뒤얽혀 있는가를 살펴보는 것, 그것이 바로 내 학문이 연구하는 분야일세. 나로서는 자네와 우리의 룰루 사이에 어떤 미묘한 관계가 존재한다는 점을 의심하지 않네. 예견해 보건대 그 관계가 유효한 작용을 하기엔 아직 극복하기 힘든 장애물이 놓여 있는 것도 사실이고."

"좀 더 자세히 설명해 주셨으면 합니다!" 시인이 냉정히, 그러나 호기심에 가득 차서 말했다.

노인은 어깨를 으쓱했다. "아, 그렇게 하지." 그는 말을 이었다. "보다 높은 인간의 본성은 모두 의식과 무의식의 행복한 균형을 유지하는 저 조화로움을 본능적으로 추구한다네. 하지만 파괴적인 이원성이 사고하는 자아의 삶의 원칙처럼 보이는 한 노력하는 인간의 본성은 반쯤은 의식적, 반쯤은 본능적으로 대립된 존재와 연대하려는 경향이 있어. 자네는 내 말을 이해할 걸세. 그러한 연대는 말을 하지 않고, 심지어 알지 못하고도 이루어질 수가 있네. 친족 관계가 그렇듯이 알지 못하더라도 순전히 느낌으로 살 수 있고 작용할 수가 있다네. 어쨌든 그러한 연대는 이미 정해진 채로 인간 의지의 영역 밖에 존재하네. 그것은 말할 수 없이 중요한 요소로, 우리는 그것을 운명이라고 부르지. 원래 그러한 연대에 힘입은 삶은 작별과 체념의 순간에 비로소 시작되었네. 그도 그럴 것이 이러한 작별과 체념이 저 공감의 힘조차 물리친 우리의 소망 앞에 무릎을 꿇기 때문이야.”

"선생님의 말씀을 이해하겠습니다.” 라우셔가 달라진 음조로 말했다. "선생님이 제 친구처럼 생각되는군요, 드레디훔 씨!”

"그걸 의심이라도 했던가?”

노인이 유쾌한 미소를 지었다.

"오늘 밤 왕관 주점에서 열리는 저의 작별 파티에 와 주세요!”

"그렇게 하겠네, 라우셔 군. 어떻게 보면 오늘 저녁 나에게 중요한 과제가 주어질 거야. 오래된 꿈을 성취하는 거지……. 어쩌면 하나로 합쳐질 수도 있을 거야. 또 보세나!”

그는 벌떡 일어나 손을 흔들며 인사하더니 계곡으로 난 길로 재빨리 사라졌다.

친구들은 정오까지 숲에 머물러 있었다. 둘은 작별한다는 생각, 그리고 각자의 사랑에 대한 생각에 골몰하며 서로 상반된 감정에 가득 차 있었다. 뒤늦게 그들은 점심을 먹으러 왕관에 갔다. 거기서 새 옷을 화사하게 차려입고 한껏 기분이 좋은 룰루를 보았다. 그녀는 그들이 가져온 꽃다발을 다정하게 받아 꽃병에 꽂았다. 그리고 두 친구가 식사하는 구석 테이블 위에 올려놓았다. 그녀는 아름다운 자태로 명랑하고 날렵하게 움직이면서 접시며 주발이며 술병을 이리저리 날랐다. 식사를 끝내고 포도주를 마실 때 룰루는 친구들 곁에 와 앉았다. 그들은 계획 중인 라우셔의 작별 파티에 대해 이야기했다.

"우린 홀이랑 모든 것을 정말 축제 기분이 나게 꾸며야 해요." 룰루가 말했다. "보다시피 내가 먼저 시작했잖아요. 새 옷도 차려입었고요. 꽃이 좀 부족하긴 한데……."

"우리가 구해 볼게요."

우겔이 그녀의 말을 가로챘다.

"좋아요." 그녀가 미소를 지었다. "등을 몇 개 걸고 색색의 리본으로 장식하면 훨씬 더 아름다울 거예요."

"원하는 대로 얼마든지 해요!"

우겔이 다시 외쳤다. 라우셔는 묵묵히 고개만 끄덕였다.

"당신은 한마디도 하지 않으시네요, 라우셔 씨!" 룰루가 새침한 표정으로 말했다. "내 의견에 동의하지 않나요?"

라우셔는 대꾸하지 않았다. 소녀의 날씬한 자태와 고운 얼굴에 시선을 고정한 채 이렇게 말할 뿐이었다.

"당신은 오늘 참으로 아름답군요, 룰루!" 그러고는 다시 한마디. "정말 아름다워요!"

그는 지칠 줄 모르고 룰루의 우아한 자태를 보고 또 보았다. 그녀가 친구 우겔과 자신의 작별 파티를 준비하는 모습을 바라보자니 묘한 고통이 느껴져 그를 말이 없고 우울하게 만들었다. 매 순간 가슴을 저리고 아프게 하는 생각이 밀려왔다. 그녀를 체념하고 떠나려는 것은 사실이 아니라는, 그녀의 발밑에 몸을 던져 자신의 온갖 불타는 열정을 고백해야 한다는, 그녀를 얻기 위해 애원하거나 강요하거나 납치라도 해야 하는 게 아닐까 하는 생각이. 어쨌든 아무런 행동도 하지 않고 그녀 앞에 앉아 마지막으로 회동하는 시간을 보내자니 행복한 순간이 재빨리, 그리고 되돌릴 수 없게 흘러가는 느낌이었다. 그렇지만 그는 힘든 싸움을 벌이며 자신의 감정을 억제했다. 이 마지막 순간에 그녀의 아름다운 영상이 빛을 발하며 고통스럽게 그의 영혼 속에 가라앉기를, 그리하여 잊을 수 없는 향수(鄕愁) 같은 것이 되기를 갈망했다.

　홀에는 세 사람만 남게 되었다. 우겔이 떠나자고 재촉했을 때 결국 라우셔는 자리에서 일어나 룰루 앞으로 걸어갔다. 뜨겁고 떨리는 오른손으로 그녀의 손을 꼭 잡고 억지로 지어낸 듯 근엄하면서도 우스꽝스러운 어조로 속삭였다.

　"아름다운 공주님, 부디 그대를 받들어 모실 수 있는 영예를 베풀어 주십시오. 그대의 기사, 그대의 노예, 그대의 개, 그대의 어릿광대라도 되겠사오니 명령만……"

　"좋아요, 나의 기사여……" 룰루가 미소를 지으며 말을 가로막았다. "그대의 복무를 요청하노라. 오늘 저녁 진정한 친구이며 익살꾼 한 명이 필요하도다. 그는 어떤 파티가 흥겹고 재미있도록 도와야 하리라. 그대가 그 역할을 해 주겠는가?"

라우셔는 얼굴이 창백해졌다. 그러나 다음 순간 폭소를 터뜨리면서 우스운 몸짓으로 무릎을 꿇었다. 그리고 짐짓 엄숙한 목소리로 말했다.

"약속하겠나이다, 고귀한 공주님이시여!"

이제 그는 루트비히 우겔과 함께 서둘러 나왔다. 그들은 무엇보다 먼저 공동묘지 옆에 있는 아름다운 화원을 찾았다. 가위를 가지고 정원의 장미꽃들을 거침없이 잘랐다. 특히 라우셔는 쉬지도 않았다.

"나는 흰 장미꽃을 큰 바구니 가득 담아야겠어."

그는 계속 외쳐 대면서 모든 덩굴로 다가가 아름다운 룰루가 좋아하는 장미를 열두 송이나 잘랐다. 그런 다음 정원사에게 돈을 지불하면서 저녁에 왕관으로 가져오라고 지시했다. 그는 계속해서 우겔과 함께 시내를 돌아다녔다. 상점의 진열장에 무언가 다채로운 것이 걸려 있으면 지체하지 않고 들어갔다. 그들은 부채, 천, 비단 리본, 종이 등(燈)을 샀다. 마지막으로 불꽃놀이용 폭죽도 한 뭉치 샀다. 왕관에서는 아름다운 룰루가 물건들을 받고 보관하느라 일이 넘쳐 났다. 친절한 드레디훔 씨가 저녁까지 그녀를 도왔다는 사실은 아무도 알지 못했다.

8

　룰루는 다른 어떤 날보다 아름답고 쾌활했다. 라우셔와 우겔은 그들의 저녁 식사를 마쳤다. 친구들이 차례로 주점에 도착했다. 친구들이 다 모이자 아름다운 룰루와 팔짱을 끼고 걷는 라우셔의 뒤를 따라 모두 뒤쪽 큰 방으로 들어갔다. 벽에 천과 리본, 꽃이 장식되어 있고 천장에는 형형색색의 등들이 줄지어 매달려 환한 빛을 발하고 있었다. 흰 천으로 덮은 테이블에는 샴페인 병들이 놓이고 여기저기 싱싱한 장미꽃으로 뒤덮여 있었다.
　시인은 철학자가 준 백합꽃을 룰루에게 건네주었다. 반쯤 피어난 티로즈[11]를 머리카락 사이에 꽂아 준 다음 그녀를 제일 좋은 자리로 안내했다. 모두 유쾌하게 떠들면서 자리에 앉았다. 다 함께 노래를 부르며 저녁 파티의 막을 열었다. 술병마다 코르크 마개가 튀어 오르고 맑은 고급 포도주 거품이 영롱한 잔에 넘쳐흘렀다. 에리히 텐처가 축배의 연설을 했다. 위트 넘치는 말과 웃음소리가 뒤엉켰고, 뒤늦게 도착한 드레디훔은 열렬한 환영을 받았다. 우겔과 라우셔가 우스운 시를 몇 편 낭독했다. 그런 다음 아름다운 룰루가 노래를 불렀다.

　　　왕은 사슬에 묶여 있었네,

11　차와 같은 향기가 나는 중국 원산의 장미.

깊은 어둠 속에서
이제 그는 부활했다네.
그의 이름은 오네라이트.

이제 다채로운 불빛과 노래들이
온 나라에 반짝반짝 빛나네.
이제 모든 시인은
화려한 축제의 옷을 입고 있네.

이제 백합과 장미꽃이 피었네,
그 어느 때보다 희고 빨갛게.
이제 질베를리트 하프가 노래하네,
축복이 넘치는 멜로디를.

노래가 끝나자 라우셔는 앞에 놓인 장미 바구니 속에 깊이 손을 넣었다. 그러고는 박수갈채를 보내면서 두 손 가득 쥔 흰 장미꽃을 룰루에게 던졌다. 유쾌한 싸움이 번져 나갔다. 장미꽃들이 이 자리에서 저 자리로 날아다녔다. 수십 수백 송이의 희고 붉은 장미였다. 늙은 드레디훔의 머리카락과 회색빛 수염에도 꽃들이 잔뜩 달라붙었다. 어느덧 자정이 가까워졌다. 드레디훔은 자리에서 일어나 연설을 시작했다.

"사랑하는 친구들, 그리고 아름다운 룰루여! 우리 모두 오네라이트왕의 제국이 새로이 시작하는 모습을 보고 있습니다. 나 또한 오늘 여러분과 작별을 해야겠습니다. 하지만 다시 만날 희망이 없는 것은 아닙니다. 돌아가 만날 나의 왕은 젊은 날의 친구이자 시인이기 때문입니다. 그대들이 철학자라면 아름다움의 부활에 대한 비유적이고 신비로운 이야기, 특히 신화의 반어적 변형을 통해 시의 원리를 어떻게 살려 내는가를 설명해 줄 수 있을 텐데요. 그 이야기의 축복받은 결말을 여러분은 오늘 알게 될 것입니다. 그러니 이 이야기의 결말 부분을 보다 유쾌한 영상으로 여러분 앞에 보여 드리는 게 더 나을 듯합니다. 자 보십시오. 아스크족의 한 부분입니다!"

모두 그의 둘째 손가락이 가리키는 곳을 바라보았다. 방 한구석에 수를 놓은 커다란 커튼이 걸려 있었다. 커튼 안쪽에서 갑자기 은은한 불빛이 비치자 천에 그려진 무수한 은빛 백합꽃들이 나타났다. 이 꽃들은 대리석에서 아름답게 뿜어 나오는 샘물을 에워싸고 있었다. 커튼을 비추는 조명의 기술이 놀라워서 사람들은 백합이 자라나 고개를 숙이며 서로 뒤엉키는 모습을 보는 듯했다. 샘물은 졸졸 솟아 나와 넘쳐흐르는 것 같았다. 그렇다. 서늘하게 뿜어 나오는 샘물 소리를 뚜렷이 듣는 것 같았다.

모든 사람의 시선은 그 멋진 커튼에 매달려 있었다. 방 안의 등불이 갑자기 하나씩 하나씩 모두 꺼져 버렸다는 사실을 아무도 눈치채지 못할 정도였다. 그들은 넋을 잃고 흥분한 채 가짜 백합꽃의 마술 놀이를 뒤쫓았다. 그러나 시인만은 거기에 주목하지 않았다. 그의 이글거리는 시선은 어둠 속에서 흠모의 정을 가득히 담고 아름다운 룰루에게 붙박여 있었다. 성스러울 만큼 아름답고 부드러운 빛이 그녀의 고운 얼굴에 어려 있었다. 그녀의 검은 머리카락에 장식한 하얀 장미는 영혼이 서린 듯 은은하고 아름답게 빛났다.

    백합꽃들은 형언할 수 없을 정도로 날씬하고 조화롭게 신기한 윤무를 추듯 샘물을 에워싸고 움직였다. 그 움직임과 섬세한 뒤엉킴은 숨죽이며 바라보는 구경꾼들의 마음을 달콤하고 몽상적인 놀라움과 즐거움의 그물 속으로 이끌었다. 그때 시계가 자정을 알렸다. 빛나는 커튼이 눈 깜박할 사이에 공중으로 말려 올라가더니 깊은 어스름 속에 넓은 무대가 펼쳐졌다. 철학자가 일어섰다. 의자를 움직이는 소리가 어둠 속에서 들려왔다. 사라지는가 싶더니 그는 곧 무대 위에 모습을 드러냈다. 머리와 수염에는 여전히 장미꽃이 잔뜩 덮여 있었다. 무대 공간이 점점 밝아지면서 결국 빛으로 가득 찼다. 마침내 커튼 속의 샘물과 백합 정원이 실제로 꽃을 피우고 졸졸 소리를 내면서 밝고 선명하게 눈앞에 전개되었다.

    그 한가운데에 요정 하더바르트가 서 있었다. 형상이 커졌지만 그가 바로 드레디훔이라는 것을 알 수 있었다. 그 뒤로 푸른 진줏빛의 아름다움을 뽐내며 오팔 성이 매혹적으로 솟아 있었다. 커다란 활 모양의 창문을 통해 오네라이트왕이 옥좌에 앉아 조용히 쉬고 있는 모습이 보였다. 빛이 점점 눈부신 광채로 확산되는 동안 하더바르트가 머리 숙인 백합들 사이로 거대하고 환상적인 은빛 하프를 무대 한가운데로 운반했다. 빛나는 광채는 이제 눈부시게 화려해져 은빛 아이리스꽃처럼 물결치며 오팔 성벽 위로 쏟아져 내렸다.

　귀 기울이는 자세를 하며 요정은 하프의 가장 깊은 현을 퉁겼다. 크고 장엄한 음이 울려 퍼졌다. 앞쪽에 있던 백합꽃들이 서서히 옆으로 물러나고 무대로부터 견고한 계단이 아래로 드리워졌다. 어두운 방 안에서 아름다운 룰루가 날씬한 자태로 일어났다. 그녀가 무대 위에 오르자 계단이 다시 물러났다. 룰루는 말할 수 없이 아름다운 공주의 모습으로 나타났다. 요정 하더바르트가 깊이 허리를 굽히고는 하프를 그녀에게 넘겼다. 노인의 해맑은 두 눈에서는 눈물이 흘러 수염에서 흘러내린 장미꽃들과 함께 땅바닥에 떨어졌다.

　공주는 빛나는 모습으로 질베를리트 하프 앞에 우뚝 서 있었다. 그녀는 오른손을 성 쪽을 향해 높이 뻗었다. 그러고는 하프를 어깨에 갖다 댄 다음 가녀린 손가락으로 모든 현 위를 내달았다. 일찍이 들어 본 적이 없는 축복과 조화의 음조가 울려 퍼졌다. 키 큰 백합꽃들이 모두 공주를 경배하면서 주위에 몰려들었다. 다시 한번 충만하고 깨끗한 손길이 울리고 있는 마법의 현을 어루만졌다. 그러자 순식간에 커튼이 덜커덩 소리를 내면서 떨어져 내려왔다. 한순간 커튼 안쪽에 눈부신 광채가 여전히 남아 있었다. 수놓인 백합들이 서로 뒤엉켜서는 격렬한 동작으로 춤을 추었다. 그 춤이 점점 더 빨라지더니 결국 단 한 줄기의 은빛 소용돌이처럼 보였다. 그런 다음 돌연 소리 없이 칠흑의 어둠 속으로 가라앉았다.

친구들은 넋이 나간 채 말없이 어두운 방 안에 서 있거나 앉아 있었다. 그러나 곧 정신을 가다듬었다. 불이 켜졌다. 까맣게 잊었던 폭죽에 불을 붙이자 역겨운 굉음을 내면서 터졌다. 주인 부부가 달려와서는 징징거리며 나무랐다. 거리를 지나던 야경꾼들이 막대기로 닫힌 창문을 두드렸다. 친구들은 고함을 지르듯 서로에게 질문을 퍼부었다.

그러나 어느 누구도 룰루와 철학자의 흔적을 찾지 못했다. 사법관 시보 리플라인이 화를 내면서 사기극이라고 떠들었다. 그러나 아무도 그의 말을 듣지 않았다. 헤르만 라우셔는 그의 방으로 자리를 피한 다음 안에서 빗장을 질렀다.

그는 다음 날 아주 일찍 여행길에 올랐다. 아름다운 룰루의 자취는 여전히 찾을 수 없었다. 그는 곧 외국 땅으로 들어갔다. 키르히하임에서 그 후 무슨 일이 일어났는지 알 길이 없었다. 그래서 자신이 직접 전에 일어났던 이야기를 사실대로 기록했다.

사랑에 빠진 젊은이

하나의 전설

이 이야기는 성 힐라리온 시대에 일어난 일이다. 이 성자의 고향인 가자시에 순박하고 경건한 부부가 살고 있었다. 하느님께서 축복을 내려 이 부부에게 영리하고 아주 아름다운 딸을 선사해 주셨다. 그 귀여운 아이는 겸손하고 하느님을 공경하면서 자라나 모든 사람을 기쁘게 했다. 부모가 온갖 선한 것을 가르쳤기 때문에 그녀는 정숙하고 매력적이었으며 천사를 보는 듯 사랑스러웠다. 그녀의 하얀 이마에는 윤기 나는 검은 머리카락이 일렁였고, 얌전히 눈을 내리깔 때마다 검고 긴 속눈썹이 그늘을 드리웠다. 그녀는 작고 앙증맞은 발로 종려나무 밑을 늘씬한 영양처럼 경쾌하게 걸어다녔다. 총각들에게 눈길 한 번 주지 않았는데 거기에는 까닭이 있었다. 열네 살이 되던 해 그녀는 치명적인 병에 걸리게 되었다. 그 때문에 부모는 그녀를 하느님의 신부로 정하고, 만약 병이 나으면 그녀를 하느님께 바치기로 약속했다.

이 순진무구한 소녀에게 같은 마을에 사는 젊은이가 사랑에 빠졌다. 이 청년 역시 아름답고 준수했다. 부유한 부모가 아들을 온갖 정성을 다해 가르치며 길렀기 때문이었다. 그러나 아름다운 아가씨를 사랑하게 된 다음부터 그는 아무것도 할 수 없었다. 기회가 있을 때마다 그녀를 찾아다녔고, 이 기품 있는 천사를 만나면 동경의 시선으로 넋을 잃고 바라보았다. 단 하루라도 그녀의 얼굴을 보지 못하면 우울하고 핼쑥한 표정으로 이리저리 돌아다녔고, 밥 먹을 생각도 하지 않은 채 숱한 시간을 한숨과 비탄으로 보냈다.

젊은이는 기독교 집안의 훌륭한 교육을 받아 온유하고 경건한 성품을 지니고 있었다. 그러나 이제 이 격렬한 연모의 정이 그의 마음을 완전히 지배했다. 그는 더 이상 기도를 할 수 없었다. 성스러운 일을 생각하는 대신 아가씨의 길고 검은 머리카락, 조용하고 아름다운 눈동자, 발그레한 뺨과 도톰한 입술, 가녀린 목과 작고 날렵한 발만이 눈앞에 어른거렸다. 그러나 그는 자신의 크나큰 사랑과 열망을 전하기가 두려웠다. 그녀가 어떤 남자에게도 마음을 줄 수 없다는 것, 하느님과 부모 이외에는 누구도 사랑할 수 없다는 것을 잘 알기 때문이었다.

그리움 때문에 몸이 여위어 가자 마침내 그는 여인에게 호소하는 긴 편지를 쓰게 되었다. 자신의 뜨거운 사랑을 말하고, 자기를 받아들여 함께 하느님의 뜻에 맞는 행복한 결혼을 하자고 간절히 청했다. 그는 페르시아의 귀한 향수를 뿌린 후 이 편지를 비단실로 묶은 다음 늙은 하녀를 시켜 은밀히 아가씨에게 전하도록 했다.

이 편지를 받아 읽자 아가씨의 얼굴은 진홍빛으로 물들었다. 처음에는 당황해 편지를 찢어 버리거나 당장 어머니에게 보여 줄 생각이 들었다. 그러나 어린 시절부터 젊은이를 잘 아는 데다가 그녀 또한 그를 좋아했다. 그뿐 아니라 편지에서 겸손함과 부드러움을 느낄 수 있었기에 그렇게 하지 않고 하녀에게 편지를 돌려주면서 말했다.

"이걸 쓴 사람에게 편지를 되돌려주세요. 그리고 전해 주세요. 다시는 이런 글을 보내지 말라고요. 나는 부모님에 의해 하느님의 신부가 되었노라고 말해 주세요. 나는 결코 남자의 청혼을 받아들일 수가 없어요. 성스러운 여인의 신분을 지키며 하느님을 섬기고 공경해야 하고, 또 그러고 싶어요. 그분의 사랑이 내겐 인간의 사랑보다 더 고귀하고 더 가치가 있으니까요. 가서 말해 주세요. 나는 하느님의 사랑보다 더 고귀하고 가치 있는 걸 찾지 못했다고요. 나는 나의 맹세를 지킬 것이라고요. 하지만 이 편지를 쓴 분에게 모든 이성보다 더 고귀한 하느님의 평화를 기원하고 싶어요. 자, 돌아가세요. 그리고 다시는 이런 전언을 받지 않으리라는 것을 알아 두세요."

하녀는 아가씨의 단호함에 놀라 주인에게 돌아가 편지를 돌려주었다. 그리고 아가씨가 말한 대로 모든 것을 전달했다.

하녀가 많은 위로의 말을 곁들였음에도 젊은이는 비탄해 마지않으며 옷을 찢고 자신의 머리 위에 흙을 뿌렸다. 더 이상 길에서 마주칠 용기가 나지 않아 먼발치에서만 여인을 바라볼 뿐이었다. 밤에는 잠을 잘 수가 없었다. 애인의 이름을 부르면서 달콤하고 부드러운 사랑의 말을 수도 없이 되뇌었다. 그녀를 그의 빛, 그의 별, 그의 사슴, 그의 종려나무, 그의 위안, 그의 진주라고 불렀다. 그러나 그런 환상에서 깨어나 홀로 어두운 방 안에 있는 자신을 발견할 때마다 이를 부드득 갈면서 하느님을 저주하고 머리로 벽을 들이받았다.

세속적인 사랑 때문에 하느님에 대한 외경은 그의 마음속에서 흐려지고 사라져 버렸다. 그 대신 악마가 그의 마음속으로 들어와 나쁜 짓을 연달아 저지르도록 부추겼다. 젊은이는 아름다운 소녀를 힘으로라도 반드시 자기 것으로 만들겠다고 맹세했다. 그는 멤피스[12]로 떠났다. 그리고 이단의 성직자 아스클레피오스가 운영하는 학교에 들어가 마술을 배웠다. 일 년 동안 참으로 열심히 공부한 후 다시 가자로 돌아왔다.

그런 다음 그는 구리판에 강렬한 사랑의 마술을 거는 주문을 새겨 넣었다. 이 구리판을 그는 밤에 여인이 사는 집 문지방 아래 묻어 놓았다.

다음 날 벌써 아가씨는 달라져 있었다. 전에는 얌전히 내리깔

12　나일강 서안에 있던 고대 이집트의 도시.

던 시선이 대담해지고 머리카락을 치켜올려 바람에 휘날리게 했다. 하느님께 올리는 기도를 게을리했으며, 아무도 가르쳐 주지 않은 사랑의 노래를 혼자 웅얼거렸다. 이런 행동은 날이 갈수록 도를 더해 갔다. 밤에는 베개 위에서 이리저리 뒤척이며 큰 소리로 청년의 이름을 불렀다. 그를 자신의 애인이라고 부르면서 자기 곁으로 오기를 소망했다.

　마술에 걸려 변화된 소녀의 행동은 오래지 않아 부모의 눈에 띄었다. 그녀의 말과 행실을 밤낮으로 주의 깊게 엿듣고 관찰한 그들의 놀라움은 컸다. 너무나 놀라고 실망한 나머지 아버지는 그녀를 못된 딸이라고 부르면서 심지어 내쫓아 버리려고까지 했다. 그러나 어머니가 남편에게 참아 달라고 간청하고는 사건을 면밀히 검토하기 시작했다. 그리하여 딸이 마술 때문에 그런 나쁜 품행을 보여 준다는 사실을 알게 되었다.

　아가씨가 마술에서 풀려나지 못한 채 심지어 불경스러운 말까지 서슴지 않으며 애인을 불러 달라고 큰 소리로 떼를 쓰자 그 부모는 성스러운 은둔자 힐라리온을 생각해 냈다. 이 성자는 오랫동안 마을에서 멀리 떨어진 황무지에 살면서 그의 기도가 닿을 정도로 하느님과 가깝게 지냈다. 무척 많은 환자를 치유하고 악마를 몰아냈기 때문에 그는 성 안토니우스 다음으로 그 시대에 아주 강력한 성직자로 불릴 만했다. 부모는 이 성자에게 딸을 데리고 갔다. 일어난 일을 모두 이야기하며 딸을 치료해 달라고 애원하고 간청했다.

성자는 여인을 향해 외쳤다.

"누가 하느님을 섬기는 너를 못된 욕망 덩어리로 만들었느냐?"

그러나 여인은 성자의 여윈 몸과 그은 피부를 보고 그를 조롱하기 시작했다. 자신의 하얀 피부와 날씬한 몸매를 자랑하면서 성직자를 옴에 걸린 허수아비라고 불렀다. 가련한 부모는 부끄러운 나머지 무릎을 꿇고 머리를 감쌌다. 그러나 힐라리온은 미소를 지으며 소녀의 마음속에 악마가 들어앉았음을 확인했다. 그러고는 즉시 악마를 힘껏 몰아세워 그를 알아본 악마가 모든 것을 실토하게 했다. 성자는 거칠게 반항하는 악령을 여인의 내면으로부터 힘으로 몰아냈다. 그러자 여인은 꿈에서 깨어나듯 정신을 되찾았다. 울고 있는 부모를 알아보고 인사를 한 후 힐라리온에게 축복을 청했다. 그 순간부터 그녀는 이전처럼 하느님의 경건한 신부가 되었다.

그동안 젊은이는 사랑의 마술에 걸린 아가씨가 그의 팔로 달려오기를 고대했다. 그녀에게 위에 언급한 일이 일어나는 동안에도 확신에 찬 희망을 품고 며칠을 보냈다. 아가씨가 이미 치유되어 마을로 돌아왔을 때 그는 골목에서 서성이다 멀리서 그녀를 발견하고 마주 걸어갔다. 그녀가 가까이 다가오자 그는 그녀의 이마가 옛날처럼 깨끗하게 빛나는 것을 보았다. 그렇다. 낙원에서 방금 돌아온 것처럼 그녀의 아름다운 얼굴에는 평온함이 가득 어려 있었다. 당황하여 젊은이는 걸음을 멈추었다. 그녀의 얼굴을 대하는 순간 벌써 자신의 악행이 부끄러워지기 시작했다. 그러나 그는 저항했다. 그녀가 아주 가까이 다가왔을 때 그는 마술의 힘을 믿고 그녀에게 다가가 손목을 잡았다.

"이봐요, 당신은 나를 사랑하지요?"

아가씨는 얼굴을 붉히지도 않고 시선을 들었다. 별처럼 반짝이는 그녀의 눈동자가 그의 눈과 마주쳤다. 형언할 수 없이 다정한 선의가 그 속에서 빛나고 있었다. 그녀는 그의 손을 꼭 잡으며 말했다.

"네, 형제님, 나는 당신을 사랑합니다. 당신의 가련한 영혼을 사랑합니다. 간절히 청하건대 악에서 벗어나 하느님께 당신의 영혼을 맡기세요. 그러면 다시 아름답고 깨끗해질 것입니다."

그러자 눈에 보이지 않는 손이 젊은이의 마음을 움직였다. 두 눈에 눈물이 가득한 채 그는 외쳤다.

"오, 그렇다면 당신을 영원히 단념하란 말인가요? 그러나 당신의 명령이라면 원하는 대로 하겠습니다."

여인은 천사와 같은 미소를 띠고 말했다.

"영원히 단념하지는 마세요. 우리가 하느님의 옥좌 앞에 서게 될 날이 올 거예요. 그분의 눈을 바라보면서 그분의 심판에 합격할 수 있도록 함께 노력하기로 해요. 그러면 나는 당신의 동반자가 되겠어요. 당신이 나와 헤어지는 건 잠깐 동안입니다."

조용히 그는 그녀의 손을 놓았다. 미소를 지으며 그녀는 계속 걸었다. 젊은이는 잠시 신들린 사람처럼 서 있다가 그곳을 떠났다. 그러고는 하느님을 섬기기 위해 집을 떠나 황야로 들어갔다. 그의 아름다움은 사라져 갔다. 몸은 여위고 얼굴은 갈색으로 그을었다. 자신의 거처를 들판의 동물들과 함께 나누어 썼다. 피곤하거나 절망에 빠져 다른 위안을 찾지 못할 때는 그녀가 한 말을 수없이 되뇌었다.

"당신이 나와 헤어지는 건 잠깐 동안입니다."

그에겐 그 기간이 길었다. 머리는 회색이 되었다가 백발이 되었다. 그는 여든한 살이 될 때까지 지상에 머물렀다. 그러나 팔십 년 세월이 무엇인가? 시간은 흐르는 물처럼 지나간다. 그 젊은이가 떠난 후 다시 천 몇백 년이 흘렀다. 우리의 행적과 이름 역시 얼마나 빨리 잊히는가? 우리 삶이 남기는 흔적은 아마도 짧고 불확실한 전설보다도 오래 남지 못하리라…….

세 그루의 보리수

100년도 훨씬 더 전의 일이다. 베를린에 있는 성령 병원의 공동묘지에 아름답고 오래된 보리수나무 세 그루가 서 있었다. 나무들이 어찌나 우람한지 서로 얽힌 가지들과 거대한 수관으로 커다란 지붕처럼 온 공동묘지를 뒤덮었다. 이 아름다운 보리수나무의 유래를 알아보려면 수백 년을 거슬러 올라가야 한다.

베를린에 세 형제가 살고 있었다. 그들은 보기 드물 만큼 서로 우애와 믿음이 깊었다. 그런데 어느 날 저녁 막내가 형들에게는 아무 말도 하지 않고 혼자 외출하게 되었다. 좀 떨어진 골목길에서 한 소녀를 만나 함께 산책할 작정이었기 때문이었다. 그러나 달콤한 꿈에 잠겨 걸어가던 그가 그 장소에 도착하기 전 두 집 사이의 한구석으로부터 나지막한 신음 소리를 들었다. 그는 즉시 그쪽으로 달려갔다. 혹시 어떤 동물이나 어린아이가 불행한 일을 당하고 도움을 기다리는 게 아닌가 해서였다. 그가 어둡고 조용한 그곳으로 들어갔을 때 거기에는 놀랍게도 한 남자가 피를 흘리며 누워 있었다. 막내는 허리를 굽히고 동정 어린 말투로 도대체 무슨 일이 일어난 것이냐고 물었다. 그러나 부상자는 대답 대신 약한 신음과 침 삼키는 소리를 낼 뿐이었다. 가슴에는 칼에 찔린 상처가 있었다. 결국 부상자는 잠시 후 도와주러 온 막내의 팔에서 죽고 말았다.

    젊은이는 이제 어떻게 해야 좋을지 몰랐다. 살해당한 사람이 더 이상 살아날 기미를 보이지 않아 그는 당황하여 어쩔 줄 모른 채 주뼛주뼛 걸음을 옮겨 그곳을 떠났다. 그런데 바로 그 순간 현장에서 두 명의 야경꾼을 만났다. 이들에게 도움을 청할지 아니면 오해받지 않고 그곳을 떠날지 생각하는 동안 야경꾼들은 당황해하는 그의 모습을 보고 가까이 다가왔다. 막내의 구두와 옷소매에 묻은 피를 보자 강제로 그를 체포하고 아무리 간곡하게 이야기를 해도 그의 말을 들으려 하지 않았다. 그들은 옆에서 이미 싸늘해진 시체를 발견하고 이 살인 용의자를 연행해 지체 없이 감옥에 집어넣었다. 그곳에서 막내는 쇠고랑을 차고 엄한 감시를 받게 되었다.

    다음 날 아침 재판관이 그를 심문했다. 시체가 밝은 곳으로 운반되었을 때에야 비로소 젊은이는 죽은 자가 이전에 가끔 교분을 나누었던 대장장이라는 것을 알게 되었다. 그러나 좀 전에 그는 죽은 사람에 대해 전혀 아는 바가 없다고 진술했다. 그 때문에 그가 찔러 죽였다는 혐의가 더욱 짙어지고 말았다. 게다가 다음 날엔 죽은 자를 아는 증인들이 나타났다. 그들은 젊은이가 얼마 전부터 대장장이와 친하게 지냈는데 한 소녀 때문에 싸움을 벌이고 헤어졌다고 말했다. 그들이 전부 다 옳지는 않았지만 어쨌든 약간의 핵심은 맞는 말이었다. 죄를 저지르지 않은 젊은이 역시 두려움 없이 그들의 말을 인정했다. 다만 자신의 무죄를 주장하면서 은총이 아니라 정의에 의해 판결해 달라고 청했다.

재판관은 젊은이가 살인자임을 의심하지 않았다. 곧 그를 교수형에 처하도록 충분한 증거를 찾을 수 있다고 생각했다. 젊은이가 부인할수록, 아무것도 알고 싶어 하지 않을수록 그의 혐의는 더욱 커 보였다.

그러는 동안 형들 중 하나가—맏형은 어제부터 밭일을 하는 중이었다—집에 와서 막내를 찾았다. 그는 동생이 살인 용의자로 구금 중이며 범행을 완강히 부인하고 있다는 말을 듣고 즉시 재판관을 찾아갔다.

"재판장님……" 그가 말했다. "당신은 죄 없는 사람을 잡아 가두셨습니다. 그를 놓아주십시오! 바로 제가 살인자입니다. 저 대신 죄 없는 사람이 고통을 겪는 걸 원치 않습니다. 저는 그 대장장이와 사이가 좋지 않았습니다. 그의 뒤를 추적하다 어제저녁 녀석이 은밀한 일 때문에 그 골목으로 들어가는 것을 보았습니다. 저는 그를 뒤따라 들어가 칼로 녀석의 가슴을 찔렀습니다."

재판관은 이 참회를 듣고 놀랐다. 둘째 형을 감금하고 진상이 밝혀질 때까지 신병을 확보하기로 했다. 그리하여 두 형제가 같은 건물에 갇히는 신세가 되었다. 그러나 막내는 형이 그를 위해 한 일을 알지 못하고 열심히 자신의 무죄만을 주장했다.

이틀이 지났지만 재판관은 아직 새로운 단서를 발견하지 못했다. 그는 자칭 살인자라고 자수한 형 쪽에 더 혐의를 두게 되었다. 그때 맏형이 집 밖의 일을 마치고 베를린으로 돌아왔다. 집에는 아무도 없었다. 그는 이웃 사람들을 통해 막냇동생에게 무슨 일이 일어났으며 둘째가 동생을 위해 재판관에게 가 있다는 이야기를 들었다. 그러자 아직 밤중인데도 재판장을 깨워 그 앞에 무릎을 꿇고 앉아 말했다.

"고귀한 재판장님! 당신은 죄 없는 사람 둘을 감금하셨습니다. 그들은 제가 지은 죄 때문에 고통을 당하고 있습니다. 그 대장장이를 죽인 건 막냇동생도 둘째도 아닙니다. 살인을 저지른 것은 바로 접니다. 전혀 죄가 없는데도 저를 위해 다른 사람들이 갇혀 있는 걸 저는 견딜 수가 없습니다. 간곡히 청합니다. 그 애들을 석방하시고 절 체포해 주십시오. 저는 목숨을 바쳐 저의 죄를 참회할 준비가 되어 있습니다."

이제 재판관은 더욱 놀랐다. 그리고 맏형마저 잡아 가두는 일 밖엔 별 방책을 강구하지 못했다.

다음 날 아침 간수가 식사를 문 안으로 넣어 주며 막내에게 말했다.

"자네 셋 중에 누가 진범인지 정말 알고 싶구먼."

막내가 아무리 묻고 간청해도 간수는 그에게 더 이상 아무런 이야기도 해 주지 않았다. 그러나 막내는 간수의 말을 통해 추측할 수 있었다. 형들이 그 대신 자신들의 목숨을 내놓기 위해 여기에 왔다는 사실을. 그는 큰 소리로 울음을 터뜨리면서 자신을 재판관에게 데려다 달라고 졸랐다. 쇠고랑을 찬 채 재판장 앞에 서자 그는 다시 눈물을 흘리며 말했다.

"오, 재판장님, 제가 오랜 시간 재판장님을 기만한 걸 용서하십시오! 아무도 제 행위를 보지 못했기 때문에 누구도 제 죄를 증명하지 못하리라 생각했던 것입니다. 하지만 이제는 잘 깨달았습니다. 모든 게 순리를 따라야 한다는 것을요. 저는 더 이상 거역하지 않겠습니다. 물론 대장장이를 죽인 게 저라는 것을 고백합니다. 목숨을 바쳐 죗값을 치러야 할 사람은 바로 접니다."

재판관은 눈을 크게 떴다. 마치 꿈을 꾸는 듯 놀라움이 극에 달했다. 이 기이한 사건이 내심 두려워지기 시작했다. 그는 막내를 다시 잡아 넣고 두 형들처럼 감시하도록 명령했다. 그러고는 자리에 앉아 오랫동안 생각에 잠겼다. 형제들 중 하나만이 살인자라는 것, 그리고 다른 둘은 보기 드문 형제애로 교수형에 처해지길 자청하고 있다는 것을 잘 알기 때문이었다.

그의 심사숙고는 끝날 줄을 몰랐다. 결국 보통의 사고방식으로는 목적을 달성할 수 없다는 결론에 이르렀다. 다음 날 그는 수감자들을 잘 지키라고 당부하고 선제후를 찾아가 이 유별난 사건에 대해 아주 자세히 설명했다.

선제후는 깊은 관심을 나타내며 이야기를 경청한 후 결국 이렇게 말했다.

"참으로 기이하고 드문 사건이로다! 내 생각으론 셋 중 아무도 살인을 저지르지 않은 것 같구나. 야경꾼들이 잡아들인 저 막냇동생 역시 아니다. 그가 처음에 말한 모든 게 사실일 거야. 하나 살인죄에 관한 일인즉 혐의자들을 쉽게 방면할 수도 없는 노릇이다. 따라서 나는 이 세 형제들에 대한 심판을 하느님께 맡기려 한다."

그 일은 이렇게 집행되었다. 어느 맑고 따뜻한 봄날 세 형제들은 공동묘지의 푸른 풀밭으로 호송되었다. 그리고 각자 어리고 싱싱한 보리수나무를 주어 그곳에 심도록 했다. 다만 어리고 푸른 잎을 땅속에 묻어 뿌리가 하늘을 향해야 했다. 만약 어린 묘목이 먼저 죽거나 시드는 경우 그걸 심은 사람이 살인자로 간주되어 처형당할 것이다.

형제들은 그렇게 했다. 각자 신중하게 어린 가지가 달린 나무를 땅속에 묻었다. 그런데 얼마 지나지 않아 세 그루의 나무 모두 싹을 틔우고 새로운 잎을 피워 나갔다. 세 형제 모두 죄가 없다는 표시였다. 보리수나무들은 더욱 자라나 무성해졌다. 그리고 몇백 년이 지나도록 베를린의 성령 병원 공동묘지에 서 있었다.

신들의 꿈

머리말

이제 세계 전쟁[13]이 시작된 지 십 년이 지났다. 그 시기를 상기하게 하는 많은 기억 가운데 온 세상에서 찾을 수 있는 것이 무엇일까? 전쟁과 관련한 그 무수한 예감, 예언, 꿈, 환상도 그에 해당하리라. 이 황당한 일들을 많이 경험하면서 내게 제법 중요한 것은 나 자신이 전쟁에 관련한 많은 예지자와 예언자 축에 낀다는 것이다! 나 역시 1914년 8월의 사건들을 겪으며 모든 사람처럼 놀랐다. 그러나 나 역시 수많은 사람들과 꼭 마찬가지로 이 새로운 재앙을 바로 직전에 감지했다. 적어도 전쟁이 시작되기 약 팔 주 전에 아주 특이한 꿈을 꾸었다. 나는 이 꿈을 1914년 말에 글로

---

13 1914년에 발발한 1차 세계 대전을 말한다.

썼다. 물론 이 글은 꿈을 언어로 충실히 묘사한 기록이 아니다. 당시 내게서 나온 짤막한 문학 작품이었다. 그러나 글의 핵심이 되는 부분, 즉 전쟁의 신과 그 부하들이 나타나는 장면은 의도적으로 지어낸 것이 아니고 실제로 있었던 꿈의 체험이었다.

그 꿈이 기이해서가 아니라 많은 진지한 생각을 그 꿈과 연관 짓고 싶어서 나는 1914년의 그 글을 여기에 소개하고자 한다.

(1924)

절망적인 기분으로 나는 홀로 걸어갔다. 온통 어둠이 깃들어서 형체를 분간할 수 없었다. 도대체 모든 성스러움이 어디로 사라졌는지 찾아내려고 달렸다. 창문들이 번쩍이는 새 건물이 거기서 있었다. 출입문들 위에는 낮처럼 환한 빛이 불타고 있었다. 나는 문 하나를 지나 밝은 방 안으로 들어갔다. 많은 사람이 모여 있었다. 그들은 말없이 정신을 집중하고 앉아 있었다. 학문의 사제들에게서 빛과 위안을 구하러 온 사람들이었다. 군중 앞의 높은 단상에 학문의 사제가 검은 옷을 입고 서 있었다. 현명하지만 피곤한 눈빛의 조용한 남자였다. 그는 많은 청중을 향해 또렷하고 부드럽고 안정된 목소리로 말했다. 그의 앞 밝은 제단 위에는 네 개의 신상이 서 있었다. 그는 즉시 전쟁의 신 앞으로 가서 옛날에 이 신이 당시 사람들의 어떤 욕구와 소망에서 생겨났는지 이야기했다. 당시 사람들은 아직 이 세상 모든 힘의 통일을 인정하지 않았다. 그렇다. 그들이 늘 보는 것은 개별적이고 명확한 것이었다.

그리하여 필요에 따라 바다, 견고한 땅, 사냥, 전쟁, 비, 해를 위한 신성을 각각 만들어 냈다. 그렇게 해서 전쟁의 신 역시 생겨났다. 학문의 사제, 이 지혜의 봉사자는 부드럽고 또렷하게 전쟁의 신상이 처음 어디에 세워졌으며, 언제 최초의 제사를 올렸는지 이야기했다. 결국 후에 인식의 승리로 이 신이 필요 없어졌지만 말이다.

사제는 손을 흔들었다. 그러자 전쟁의 신이 사라지고 그 대신 제단 위에 잠의 신상이 서 있었다. 이 신상에 대한 설명도 있었다. 이 온화한 신에 대해 오래 듣고 싶었건만, 오, 그 설명은 너무나 빨랐다. 그 상이 가라앉고 뒤를 이어 명정(酩酊)의 신, 사랑의 신, 그리고 농사, 사냥, 가사(家事)의 여신들이 나타났다. 이 신성들은 각각 독특한 형상과 아름다움을 지니고 빛을 발했다. 인간의 지나간 젊음이 되살아나 인사를 보내는 것 같았다. 신들 각각에 대한 이야기와 왜 그들이 이미 소용없게 되었는가에 대한 설명이 뒤따랐다. 그러자 신상이 차례로 사라져 갔다. 그때마다 우리 마음속에는 정신의 승리감이 반짝이면서 동시에 가벼운 연민의 정이 자리 잡았다. 그러나 몇몇 사람들은 계속 웃으면서 손뼉을 쳤다. 학자의 말에 따라 신상이 사라질 때마다 "꺼져 버려!" 하고 외쳤다.

우리는 사제의 말을 경청하면서 알았다. 탄생과 죽음에도 더이상 독특한 상징이 필요 없다는 것을. 사랑과 질투, 증오와 분노의 상징 역시 필요치 않았다. 그도 그럴 것이 인류가 얼마 전부터 이 모든 신에 식상했기 때문이었다. 인간은 자기 영혼 속에도 땅과 바다의 내면에도 개별적인 힘과 특징이 존재하지 않으며, 오히려 이따금 위대한 원초적 힘이 존재하는데 그 본질을 탐구하는 일이야말로 이제 인간 정신에 부여된 커다란 과제가 되리라는 것을 알게 되었다. 그동안 신상들이 사라져서인지 아니면 나도 모르는 다른 이유 때문인지 방 안이 점점 더 어두워졌다. 그래서 나는 알았다. 이 사원 안엔 순수하고 영원한 원천이 빛을 발하고 있지 않다는 사실을. 나는 결심했다. 이 집으로부터 도망쳐 보다 밝은 장소를 찾아야겠다고.

그러나 내 마음속에서 그런 결심이 발동하기 전에 실내가 훨씬 더 어두워졌고, 사람들은 불안해하기 시작했다. 그들은 돌발적인 뇌우에 놀란 양 떼처럼 소리를 지르며 우왕좌왕했다. 아무도 더 이상 현자의 말을 들으려 하지 않았다. 무서운 불안과 후텁지근한 공기가 군중을 엄습했다. 탄식과 외마디 소리가 들려왔다. 사람들은 격분하여 문 쪽으로 내달았다. 방 안 공기는 먼지와 자욱한 수증기로 가득 차 밤같이 어두워졌다. 그러나 높다란 창들 뒤에선 불이라도 난 듯 불그레한 불길이 불안하게 넘실거렸다.

나는 정신이 혼미해져 바닥에 쓰러졌다. 도망치는 사람들의 무수한 발길이 나를 짓밟았다.

내가 정신을 차리고 깨어나 양손에 피를 흘리며 일어섰을 때 텅 비고 파괴된 집 안에 완전히 혼자였다. 사면의 벽은 갈라지고 무너지면서 나를 덮치려 했다. 멀리에서 천둥소리와 미친 듯 외쳐대는 고함이 희미하게 들려왔다. 갈라진 벽을 통해 보이는 하늘은 작열하는 불길로 인해 피 흘리며 고통에 찬 얼굴 같았다. 그러나 그 질식할 듯한 후텁지근함은 사라져 버렸다.

내가 파괴된 지식의 신전에서 기어 나왔을 때 도시의 절반이 화염에 싸여 있었다. 밤하늘은 불기둥과 연기의 장막으로 뒤덮여 있었다. 타살된 사람들이 무너진 건물들 사이 여기저기에 쓰러져 있었다. 주위는 고요했다. 멀리에서 뿌지직뿌지직 활활 불붙는 소리가 들려왔다. 그 뒤편 더 먼 곳에서는 지상의 모든 백성이 끝없는 고함과 탄식을 토해 내듯 불안에 가득 찬 울부짖음이 요란하게 들려왔다.

세계가 멸망하는구나 하고 나는 생각했다. 그러나 마치 오래전부터 바로 그것을 예견했던 양 별로 놀라지 않았다. 불타고 무너져 내리는 도시로부터 이제 한 소년이 걸어오는 게 보였다. 양손을 주머니에 찌르고 다리를 차례로 내디디며 춤추듯 깡충거렸다. 활기차고 명랑한 모습이었다. 소년은 걸음을 멈추고 솜씨 좋게 휘파람을 불었다. 우리가 라틴어 학교에 다닐 때 부르던 우정의 노래였다. 그 소년은 내 친구 구스타프였다. 그는 대학생 시절에 권총을 쏘아 자살했다. 곧 나도 구스타프처럼 다시 열두 살짜리 소년이 되었다. 그러자 불타는 도시의 먼 천둥소리, 세계의 온 구석에서 들려오는 폭풍 같은 울부짖음이 이제는 우리 귀에 놀랍고 소중하게 울렸다. 오, 이제는 모든 것이 훌륭했다. 어두웠던 악몽은 사라져 버렸다. 우리가 수많은 시간을 절망 속에서 시달렸던 그 악몽이.

깔깔 웃으며 구스타프는 내게 막 저편에서 무너져 내리는 성과 높은 탑을 가리켰다. 그 건물이 무너지든 말든 아무래도 좋았다. 사람들은 새로운 것, 보다 아름다운 것을 지을 수 있으니까. 이런, 구스타프가 다시 오다니! 이제 삶은 다시 의미를 갖게 되었다.

　화려한 건물들이 무너지는 위로 거대한 구름이 피어올랐다. 우리 둘은 기대에 가득 찬 눈으로 말없이 그것을 응시했다. 먼지 구름 속에서 거대한 신상 하나가 모습을 드러냈다. 그 상은 머리와 팔을 높이 치켜들더니 승리자처럼 연기 자욱한 세계로 걸어 들어갔다. 그것은 바로 학문의 신전에서 본 것 같은 전쟁의 신이었다. 그러나 생명이 있었고 엄청나게 컸다. 불길에 비쳐진 얼굴엔 쾌활한 소년처럼 자랑스러운 미소가 감돌고 있었다. 우리 둘은 말없이 한마음이 되어 그의 뒤를 따라갔다. 우리는 날개라도 단 듯 빠르게 화염에 싸인 도시를 지나 멀리 폭풍이 으르렁대는 밤 속으로 내달았다. 우리의 가슴은 황홀감에 넘쳐 뛰놀았다.

　전쟁의 신은 산꼭대기에 올라서자 환호성을 지르며 둥근 방패를 흔들었다. 그러자 보라! 멀리 지상의 모든 방향으로부터 커다란 신상들이 웅장한 모습으로 그에게 다가왔다. 남신과 여신들, 정령과 반신(半神)들이 망라되어 있었다. 사랑의 신은 두둥실 날아서, 잠의 신은 비틀거리며, 사냥의 여신은 날씬한 자태로 엄숙하게 걸어왔다. 끝없는 신들의 행렬이 이어졌다. 나는 황홀하여 이 고귀한 형상들 앞에서 눈을 감았다. 나와 친구만 있는 게 아니었다. 우리 둘과 함께 주위에는 새로운 군중이 한밤중에 돌아온 신들 앞에서 무릎을 꿇고 있었다.

〔1914〕

전쟁이 두 해 더 계속된다면

　젊은 시절부터 나는 이따금 사라져서는 기분 전환을 위해 다른 세계로 잠입하는 습관이 있었다. 그러면 사람들이 나를 찾다가 얼마 후에는 실종된 것으로 공표하곤 했다. 결국 다시 돌아왔는데 그때마다 나를 늘 즐겁게 하는 것은 나의 부재, 혹은 행방이 묘연한 상태에 대한 소위 지식층의 판단에 귀를 기울이는 일이었다. 내 천성에 어울리게, 그리고 이르건 늦건 간에 대부분의 사람들도 할 법한 행동을 했음에도 이 기이한 사람들은 나를 일종의 괴짜로 간주하여 일부는 나를 광기 들린 사람으로, 다른 일부는 신통력을 부여받은 사람으로 불렀다.
　요컨대 나는 또 잠시 떠나 있었다. 전쟁의 시간을 한두 해 지나고 보니 나에겐 현재에 대한 매력이 많이 사라져 버렸다. 나는 얼마 동안 다른 공기를 호흡하고자 먼 곳으로 종적을 감추었다. 익숙한 방법으로 우리가 살고 있는 영역을 떠나 나그네처럼 다른 영역에 머물렀다. 한동안은 먼 과거로 돌아가 여러 민족과 시대를 불편한 마음으로 질주했다. 지상에서 벌어지는 통상적인 고행, 교역, 진보, 개선을 목도한 뒤 잠시 조화로운 우주로 돌아갔다.

내가 지상으로 돌아왔을 때는 1920년이었다. 실망스럽게도 여전히 이곳저곳에서 여러 민족이 어리석은 전쟁을 고집하며 대치하고 있었다. 몇 나라의 국경선이 바뀌었고, 제법 고귀한 옛 문화를 보존하고 있는 지역이 철저하게 파괴되었다. 그러나 지상 위의 모든 것이 전체적으로는 큰 변화가 없는 듯했다.

지상에서 크게 달성한 진보는 평등함이었다. 적어도 유럽에서는 내가 들은 대로 모든 나라가 아주 평등했다. 전쟁 국가와 중립 국가 사이의 차이도 거의 사라졌다. 1만 5000 내지 2만 미터 상공에 떠 있는 기구(氣球)에서 일반 시민을 향해 기계적으로 총격을 가한 이래로 예나 지금이나 날카롭게 지키는 국가 간 경계선이 무의미해졌다. 공중에서 포탄을 마구 떨어뜨리는 범위가 넓다 보니 그런 기구를 타고 사격하는 자는 자기 영역을 맞히지만 않아도 만족이었다. 폭탄 중 많은 양이 중립국이나 심지어 연합국 영역에 투하되어도 더 이상 개의치 않았다.

이것이야말로 전쟁 자체가 만들어 낸 유일한 진보였다. 여하튼 그러한 진보 속에서 결국은 전쟁의 의미가 명료하게 드러났다. 세계는 두 편으로 갈라졌고, 서로 상대편을 파멸시키려 애썼다. 양편 다 동일한 것, 즉 압제로부터의 해방, 폭력 행위의 근절, 영속적인 평화의 정착을 갈망했다. 영원히 지속되지 못할 것 같은 평화에 대해 사람들은 도처에서 아주 다른 입장을 취했다. 영원한 평화를 가질 수 없다면 단연 영원한 전쟁 쪽을 택했다. 아득한 공중의 기구로부터 좋은 사람 나쁜 사람 가리지 않고 포탄의 축복을 비 오듯 내려 주는 태연자약함이야말로 이러한 전쟁의 의미에 완전히 부합했다. 그러나 전쟁은 옛날 방식대로, 중요하지만 불충분한 재료를 가지고 계속 수행되었다. 군대와 기술자들의 소박한 환상이 여전히 몇 가지 파괴 물질을 발명했다. 그러나 포탄 살포 기구를 고안해 낸 저 환상가야말로 최후의 발명가였다. 그 이후로 지식인, 환상가, 몽상적인 시인들이 점점 더 전쟁에 대한 관심을 잃어 갔기 때문이었다. 말하자면 전쟁이 군대와 기술자들의 손에 맡겨졌고, 따라서 별 발전을 보지 못했다. 무척이나 끈질기게 여기저기에서 군대들이 대치했다. 물자 부족으로 벌써부터 병사들에 대한 표창을 종이쪽지에만 의존하게 되었음에도 그 용맹함은 어느 곳에서도 별로 줄어들지 않았다.

 나의 거처는 비행기의 폭격으로 일부가 파괴되었다. 그러나 아직은 그 안에서 잠을 잘 수 있었다. 그러나 춥고 불편했다. 바닥에 쌓인 파편과 벽의 축축한 곰팡이가 마음에 들지 않았다. 그래서 나는 곧 다시 집을 떠나 산책길에 올랐다.

 나는 시내의 골목길 몇 군데를 돌아다녔다. 그것들은 전과는 많이 변해 있었다. 무엇보다 상점들을 더 이상 볼 수 없었다. 거리에는 생동감이 없었다. 길 위에 별로 오래 있지 않았는데 모자에 양철 번호를 단 사람 하나가 내게 다가와 무얼 하는 중이냐고 물었다. 나는 산책하는 중이라고 말했다. 그가 물었다. "허가증을 갖고 계십니까?"

나는 그 말을 이해하지 못했다. 둘 사이에 논쟁이 벌어졌다. 그는 나에게 인근 관청까지 자신을 따라오라고 요구했다.

우리는 어떤 거리로 들어섰다. 집마다 하얀 간판이 걸렸고, 그 위에 관청의 명칭과 번호가 적혀 있었다.

한 간판에 '실업시민과'라는 글과 2487 B 4라는 번호가 쓰여 있었다. 우리는 그 안으로 들어갔다. 대기실과 복도가 있는 통상적인 사무실이었다. 실내에서 종이와 축축한 옷가지와 관청의 냄새가 났다. 많은 질문이 있은 후 나는 72번 사무실로 보내져 그곳에서 심문을 받았다.

관리가 내 앞에 서서 나를 살펴보았다.

"당신은 부동자세를 취할 줄 모릅니까?"

그가 엄하게 물었다.

"모릅니다."

"왜 모릅니까?"

"나는 그걸 배운 적이 없습니다."

나는 수줍은 듯이 말했다.

"당신은 허가증 없이 산책을 다니다가 체포되었습니다. 그것을 인정하시죠?"

"네, 맞습니다." 나는 말했다. "나는 그것을 알지 못했습니다. 이보세요, 나는 꽤 오랫동안 아파서……"

그는 손을 내저어 내 말을 저지했다.

"그 벌로 당신에게 사흘 동안 신발 신고 다니는 것이 금지될 거요. 당신의 신발을 벗도록 하십시오!"

나는 신발을 벗었다.

"이런!" 관리는 놀라서 소리쳤다. "이런, 가죽 구두를 신었군요! 그걸 어디에서 구했소? 당신 완전히 미친 거 아냐?"

"나는 정신적으로 완전히 정상적이지는 못할 겁니다. 나 자신도 그걸 정확히 판단할 수가 없어요. 구두는 전에 산 것입니다."

"아니, 일반 시민은 어떤 형태의 가죽신도 절대 신어서는 안 된다는 것을 몰랐단 말이오? 당신 구두는 여기에 놔두시오. 압수하겠소. 그럼 어디 당신 신분증 좀 보여 주시오!"

이를 어쩐다, 나는 신분증을 갖고 있지 않았다.

"일 년 동안 이런 일은 처음 보았소!" 관리는 신음 소리를 내면서 경찰관 한 명을 불렀다. "이 사람을 194번 사무소 8호실로 데려가시오!"

맨발로 나는 몇몇 거리를 지나 다시금 한 관청으로 들어갔다. 복도를 걸어가면서 서류와 절망의 냄새를 호흡했다. 나는 어떤 방 안으로 밀쳐졌고, 거기서 다른 관리의 심문을 받았다. 그는 군복을 입고 있었다.

"신분증이 없어서 거리에서 체포되었군요. 당신은 벌금으로 2000굴덴을 지불해야 합니다. 즉시 영수증을 써 주리다."

"죄송합니다." 나는 겁먹은 듯이 말했다. "그렇게 많은 돈을 수중에 갖고 있지 않습니다. 그 대신 날 얼마 동안 감금해 줄 수 없습니까?"

그는 큰 소리로 껄껄 웃었다.

"감금해 달라고? 이보시오, 어떻게 그런 생각을 하시오? 우리가 당신 같은 사람을 먹여 살릴 거라고 믿으시오? 아니오, 선생. 당신이 그 잔돈푼을 지불할 수 없다면 아주 혹독한 벌을 면치 못할 거요. 당신에게서 잠시 거주권을 박탈하는 조치를 내릴 수밖에 없군요! 미안하지만 당신의 거주 승인서를 주세요!"

나는 갖고 있지 않았다.

관리는 이제 완전히 할 말을 잃었다. 동료 직원 두 명을 불러서는 오랫동안 무언가를 속삭이며 여러 차례 나를 손가락질했다. 그들은 모두 매우 놀랍다는 듯 걱정스러운 눈으로 나를 쳐다보았다. 그런 다음 관리는 내 사건의 협의가 끝날 때까지 나를 유치장에 구금했다.

유치장 안에는 사람들이 여기저기 앉거나 서 있었다. 문 앞엔 군복을 입은 보초가 서 있었다. 신발을 신지 않은 것을 제외하고는 모든 사람 가운데 내가 가장 좋은 옷을 입은 듯했다. 그들은 일종의 존경심을 가지고 내게 자리를 내주었다. 곧 조그만 남자가 조심스레 곁에 웅크려 앉더니 내 귀에 대고 속삭였다.

"이봐요, 나한테 아주 굉장한 물건이 하나 있는데요. 우리 집에 사탕무가 하나 있거든요! 흠잡을 데 없이 완전한 사탕무예요! 거의 3킬로그램은 나갈 겁니다. 그걸 사실 수 있을 텐데 어떠세요?"

그는 자신의 귀를 내 입에 갖다 댔다. 나는 속삭였다.

"나에게 파세요! 그런데 얼마를 드려야 하지요?"

나지막하게 그는 내 귀에 대고 속삭였다.

"115굴덴은 받아야겠는데요!"

나는 머리를 흔들고 나서 곰곰 생각에 잠겼다.

나는 너무 오래 떠나 있었다는 것을 알았다. 다시 생활에 적응하기가 어려웠다. 구두 한 켤레, 양말 한 켤레를 산다면 얼마나 많은 돈을 지불했을까? 그도 그럴 것이 젖은 거리를 걸어야 했던 내 발이 꽁꽁 얼었기 때문이었다. 그러나 방 안엔 맨발이 아닌 사람이 아무도 없었다.

몇 시간 후 누군가 나를 데리러 왔다. 285번 사무소 19f호실로 안내되었다. 경찰관이 이번에는 내 곁에 머물러 있었다. 그는 나와 관리 사이에 서 있었다. 아주 높은 관리인 것 같았다.

"당신은 아주 나쁜 상황에 처했군요." 하고 그는 말했다. "이 도시에 체류하면서 거주 승인서도 갖고 있지 않다는 말씀이지요. 당신에게 중벌이 내려질 것을 아셔야 할 겁니다."

나는 가볍게 허리를 굽혔다.

"외람되지만 작은 청이 하나 있습니다." 나는 말했다. "내가 처한 상황이 심각하다는 것, 내 형편이 점점 더 어려워지리라는 것을 너무나 잘 알고 있습니다. 그러니 나에게 사형 언도를 내리면 안 될까요? 그러면 무척 고맙겠습니다만!"

그 고관은 나의 눈을 부드럽게 바라보았다.

"이해가 갑니다." 그는 부드러운 음성으로 말했다. "하지만 누구나 결국은 그렇게 될 겁니다. 어떤 경우든 당신은 우선 사망 카드를 장만해야 할 겁니다. 그걸 살 돈은 있나요? 그 값이 5000굴덴입니다만."

"아니요, 그렇게 많은 돈을 갖고 있지 않습니다. 하지만 내가 가진 걸 모두 드릴 수 있을 겁니다. 나는 죽고 싶은 마음이 간절합니다."

그는 이상야릇한 미소를 띠었다.

"그 말씀을 믿고 싶군요. 당신이 유일한 사람이 아니었으니까요. 하지만 죽는다는 게 그렇게 간단하지가 않습니다. 당신은 한 국가에 속해 있습니다, 선생. 그리고 이 국가에 몸과 마음을 다 바쳐야 하는 것입니다. 그 점을 잘 아시리라 믿습니다만. 그런데 내가 방금 서류를 들여다보니 당신 이름이 에밀 싱클레어[14]라고 적혀 있더군요. 혹시 작가인 싱클레어 선생이신가요?"

"맞습니다. 제가 바로 그 사람입니다."

"오, 정말 반갑습니다. 선생의 마음에 들고 싶군요. 경관, 이제 물러가도 좋네."

경찰관은 밖으로 나갔다. 관리는 나에게 악수를 청했다.

---

[14] 헤세가 1919년 소설 『데미안(Demian)』을 출간했을 때 저자의 이름을 에밀 싱클레어라고 표기했다.

"선생의 책들을 아주 관심 깊게 읽었습니다." 그는 상냥하게 말했다. "나는 최대한 선생을 돕겠습니다. 하지만 선생이 어쩌다 이 믿기 어려운 상황에 빠지게 되었는지 말씀해 주시겠습니까?"

"그러지요. 나는 얼마 동안 이곳을 떠나 있었습니다. 일정 기간 동안 조화로운 우주로 피난을 갔었지요. 아마 이삼 년은 되었을 겁니다. 솔직히 고백하지만 그동안 전쟁이 끝났으려니 하고 얼마쯤 기대했습니다. 어쨌거나 내게 사망 카드 한 장을 마련해 줄 수 있겠습니까? 그러면 당신에게 참으로 깊은 감사를 드릴 텐데."

"아마도 잘될 겁니다. 하지만 그 전에 선생은 거주 승인서가 있어야 합니다. 그것 없이는 물론 한 걸음도 나아갈 수가 없습니다. 127 사무소에 보내는 추천서를 써 드리겠습니다. 그곳에서 내 보증으로 적어도 임시 거주증은 얻을 겁니다. 물론 한 이틀 정도밖에 통용되지 않겠지만."

"오, 그 정도면 충분하고도 남습니다!"

"그러면 좋습니다! 그걸 얻은 다음 다시 내게 오십시오."

나는 그의 손을 꼭 잡았다.

"하나 더 있습니다!" 나는 나지막하게 말했다. "질문을 하나 더 해도 좋겠습니까? 당신은 내가 모든 현실적인 것에 너무나 무지하다고 생각할지도 모릅니다."

"아닙니다. 어서 물어보십시오."

"네, 그렇다면 무엇보다 궁금한 게 있습니다. 도대체 이런 상태로 어떻게 계속 삶을 영위하는가 하는 것입니다. 그것을 인간이

참을 수가 있단 말입니까?"

"오, 그렇습니다. 당신은 일반 시민으로서 특히 나쁜 형편에 처했습니다. 그것도 증명서 없이 말입니다! 이제 일반 시민은 극소수입니다. 군인이 아닌 사람은 관리가 되었지요. 그래서 대부분의 사람들에게 삶이 제법 참을 만합니다. 많은 사람이 심지어 아주 행복해하지요. 궁핍한 것에도 점점 익숙해졌고요. 감자 배급이 점차 중단되어 풀뿌리 죽을 먹어야 한다면…… 그것도 꽤 맛있어지겠지만…… 그때는 모두 더 이상 참지 못하겠다고 생각하겠지요. 지금은 제법 괜찮습니다. 모든 게 다 그렇습니다."

"알 만합니다." 나는 말했다. "앞으로는 도대체 놀랄 일이 아니군요. 그런데 한 가지만은 전혀 이해를 못 하겠습니다. 말 좀 해주십시오. 어째서 온 세계가 이 엄청난 고통을 겪고 있는 걸까요? 이 궁핍, 이 법칙들, 이 수많은 관청과 관리…… 사람들이 그걸 가지고 보호하고 유지하는 게 도대체 무어란 말입니까?"

놀랍다는 듯 신사는 나의 얼굴을 들여다보았다.

"그것도 질문이라고 하십니까!" 그는 머리를 흔들면서 외쳤다. "당신도 알다시피 전쟁입니다. 온 세계가 전쟁 중입니다! 우리가 유지하는 것이 바로 그것이요, 법칙을 만들고 희생을 치르는 것도 바로 그것을 위해서입니다. 전쟁은 그런 겁니다. 이 엄청난 고통을 감내하고 의무를 수행하지 않으면 군대가 불과 몇 주 동안도 버티기 어려울 겁니다. 그들은 굶어 죽기 십상입니다. 그거야말로 참을 수 없는 일이겠지요!"

"네, 물론 그렇게 생각할 수도 있겠지요! 따라서 전쟁이란 그러한 희생으로 보존될 수 있는 재화이군요! 좋습니다. 하지만…… 이상한 질문을 용서해 주십시오…… 왜 당신은 전쟁을 그토록 높이 평가하는 건가요? 전쟁이 그 모든 가치를 지녔단 말입니까? 도대체 전쟁이 재화란 말입니까?"

가엾다는 듯 관리는 어깨를 으쓱했다. 그는 내가 그의 말을 이해하지 못하는 것을 알았다.

"친애하는 싱클레어 씨……" 그는 말했다. "당신은 세상 물정에 아주 어두워졌군요. 바라건대 단 하나의 길로만 다니고, 단 한 사람하고만 이야기를 나누십시오. 당신의 생각을 아주 조금만 바꾸어 선생 자신에게 물어보십시오. 아직 우리가 가진 게 무엇인가? 우리 삶이 어디에 근거하고 있는가? 그러면 즉시 이렇게 말할 수밖에 없을 겁니다. 전쟁이야말로 우리가 가지고 있는 유일한 것이다! 즐거움, 개인적 소득, 사회적 명예욕, 소유욕, 사랑, 정신적인 일…… 이 모든 것은 더 이상 존재하지 않는다. 전쟁이야말로 우리가 덕을 입는 유일무이한 것이다. 그 덕분에 아직도 질서, 법칙, 사상, 정신 같은 것이 이 세계에 존재한다라고 말입니다. 그것을 볼 수 없단 말입니까?"

그렇다. 이제 나는 그것을 보았다. 나는 그 신사에게 깊은 감사를 전했다.

그런 다음 그곳을 떠나면서 127동에 보내는 추천장을 기계적으로 주머니 속에 찔러 넣었다. 나에겐 그것을 사용할 마음이 없었다. 이 관리들 중 또 다른 사람을 귀찮게 하고 싶지 않았다. 그리하여 또다시 발각되어 해명을 요구받기 전에 나는 내 마음속에 조그만 축복의 인사를 보냈다. 내 심장의 박동을 멈춘 다음 어느 숲 그늘 속으로 내 몸을 숨겼다. 그리고 더 이상 귀향하려는 생각을 접은 채 이전의 방랑을 계속했다.

(1917)

남쪽의 낯선 도시

　이 도시는 현대 정신이 시도한 아주 익살스럽고 실속 있는 도시 중 하나다. 이것은 천재적인 총합성을 기초로 생겨나고 건설되었다. 대도시의 심리학에 아주 정통한 전문가가 이것을 고안해 낼 때 대도시의 혼을 직접 구현한 것이 아니라 그 꿈을 실현하는 데 특징을 두려 한 듯싶다. 이상적인 완벽성을 보이면서 평범한 대도시인들이 지닌 휴가와 자연에 대한 소망을 실현해 주고 있기 때문이다.
　주지하다시피 대도시 사람들은 자연, 즉 전원적 평온함과 아름다움에 몹시 탐닉한다. 그러나 또한 주지하다시피 그들이 그토록 갈망하는 것, 얼마 전까지 지구상 어디에나 존재했던 이 아름다운 것들을 좀처럼 얻을 수가 없다. 그럼에도 이제 자연에 집착하면서 그것들을 갖고자 하기 때문에 누군가 여기에, 카페인 없는 커피와 니코틴 없는 담배가 존재하듯, 자연성이 없는 자연, 위험하지 않고 위생적이고 변질된 자연을 구축해 놓았다. 어떤 경우든 현대 건축이 추구하는 저 최상의 원칙은 철저한 '순수성'의 요구를 표준으로 삼았다. 그렇다. 현대 산업은 이러한 요구를 특히 강조한다. 예전에는 그것을 알지도 못했다. 당시에는 모든 양이 실제로 순수한 양이었고, 순수한 양털을 선사했고, 모든 암소가 순수했고, 순수한 우유를 선사했고, 인공적인 양과 암소가 아직 만들어지지 않았기 때문이었다.

그러나 인공적인 것이 양산되어 순수한 것들을 거의 몰아낸 후에는 곧 순수함의 이상형이 고안되었다. 순진한 영주들이 독일 골짜기 어느 곳에 인공의 폐허, 가짜 암자, 축소형의 가짜 스위스, 가짜 포실리포[15]를 구축하던 시대도 지나갔다. 오늘날의 기업가는 예컨대 런던 근교에 이탈리아를, 켐니츠시[16] 근교에 스위스를, 보덴호[17]에 시칠리아섬을 만들어 눈속임이나 하려는 엉뚱한 생각을 전혀 갖고 있지 않다. 오늘의 도시인이 요구하는 자연의 대용물은 무조건 순수해야 한다. 식탁의 은접시처럼 순수해야 한다. 부인이 낀 진주 반지처럼 순수해야 한다. 그들이 가슴속에 품은 민족과 국가에 대한 사랑처럼 순수해야 한다.

이 모든 걸 실현하기는 쉽지 않았다. 부유한 대도시인들은 봄

---

15 이탈리아 나폴리 남쪽에 있는 응회암으로 된 구릉 줄기.

16 독일 작센주 드레스덴 근교에 있는 도시로 통일 전 동독에 속했을 때는 카를 마르크스 쉬타트로 불리다 통일 후 옛 이름을 되찾았다.

17 독일 남부 스위스 국경에 있는 큰 호수.

과 가을을 보내기 위해 그들의 생각과 필요에 상응하는 남쪽을 요구한다. 야자수가 있고 레몬이 꽃을 피우는 진짜 남쪽을, 푸른 호숫가의 그림 같은 도시를, 그리고 이 모든 것을 참으로 쉽게 가질 수 있었다. 그러나 도시인은 그 밖에도 사교적 모임을 요구한다. 위생과 정갈함을 요구한다. 도시 분위기를, 음악과 기술과 우아함을 요구한다. 인간에게 쉬지 않고 복종하는 자연, 그에 의해 변형된 자연을 기대한다. 그에게 매력과 환상을 제공하지만 마음대로 조종할 수 있으며 그에게 아무것도 요구하지 않는 자연, 도시인의 모든 습관과 요청을 지니고 편하게 들어갈 수 있는 자연 말이다. 그러나 자연은 우리가 아는 한 아주 까다롭기 때문에 그러한 요구들을 실현하는 것은 거의 불가능해 보인다. 그러나 주지하는 대로 인간의 능력에는 불가능이 없다. 그 꿈은 실현되었다.

남쪽의 낯선 도시는 물론 단 하나의 표본으로 만들어진 게 아니었다. 그러한 이상적 도시들이 서른, 또는 마흔 개나 건설되었다. 적합한 장소면 어디에서나 그러한 도시를 보게 된다. 내가 그런 도시 중 하나를 묘사하려 할 때마다 물론 이런저런 도시라고 할 필요가 없다. 그것은 포드 자동차처럼 고유한 이름을 갖고 있지 않다. 그것은 하나의 표본이다. 많은 도시 중 하나일 뿐이다.

부드러운 굴곡을 이루며 길게 뻗은 부두의 방파제 사이에 푸른 호수가 잔잔한 물결을 일으키며 놓여 있고, 그 가장자리에 자연을 만끽하는 정경이 펼쳐진다. 호숫가에는 무수한 소형 보트들이 줄무늬가 쳐진 차일에 다채로운 깃발을 펄럭이며 떠다닌다. 우아하고 아름다운 보트의 조그만 갑판은 수술대처럼 깨끗하다. 보트의 주인들은 부두 위를 이리저리 오가며 모든 행인에게 자신의 배를 빌리라고 끊임없이 권한다. 이 남자들은 선원들과 비슷한 복장에 맨 가슴과 구릿빛 팔을 드러내고 다닌다. 그들은 진짜 이탈리아어로 말한다. 그러나 모든 외국어를 다 구사할 수 있다. 남국인의 눈빛을 빛내면서 길고 가느다란 여송연을 피운다. 그들의 동작은 그림과 같다.

    호숫가를 따라 보트들이 오르내린다. 호숫가를 따라 두 개의 길이 나 있다. 호수 쪽으론 가지치기가 잘된 나무들 아래로 보행자를 위한 길이 나 있고, 뭍 쪽 멋진 차도에는 호텔의 미니버스, 승용차, 시가 전차, 화물차가 가득 길을 메우고 있다. 이 도로변에 다른 도시들보다 한 차원 낮은 낯선 도시가 서 있다. 그 도시는 길이와 높이만 지닌 채 뻗어 있다. 넓이는 없다. 띠처럼 늘어선 호텔 건물로만 구성되었다. 그러나 지나칠 수 없게 매력적인 건물들, 이 오만한 띠의 뒤편에는 진정한 남쪽이 전개된다. 요컨대 그곳에는 옛 이탈리아의 도시가 서 있다. 비좁고 냄새가 진동하는 그곳 장터에서 야채와 닭과 생선을 팔고 있다. 맨발의 아이들이 통조림 깡통으로 축구를 하고, 엄마들은 머리카락을 나풀대며 째지는 음성으로 아이들의 예쁜 이름을 불러 댄다.

    여기에선 살라미 소시지, 포도주, 화장실, 담배, 수공업의 냄새가 난다. 이곳의 열린 가게 문 아래에는 호방한 남자들이 셔츠만 걸친 채 서 있다. 탁 트인 거리에는 구두 만드는 사람들이 가죽을 두드리면서 앉아 있다. 모든 것이 순수하고 아주 다채롭고 원초적이다. 이런 장면에서라면 매번 오페라의 1막을 시작할 수 있을 것이다. 여기에선 외국인들이 호기심에 가득 차 여러 가지를 발견하는 모습을 볼 수 있다. 교양 있는 사람들이 낯선 민족에 대해 이해심 넘치는 말들을 하는 소리가 들린다. 빙과 장수들이 달그락거리는 손수레를 끌고 좁은 골목길을 누비며 아이스크림을 사라고 외쳐 댄다. 여기저기 뜰이나 광장에서 피아노를 연주하기 시작한다. 외국인들은 매일 이 작고 더럽지만 흥미로운 도시에서 한두 시간을 보낸다. 밀짚 제품이나 그림 엽서를 사고 이탈리아어를 구사하면서 남쪽 나라의 인상들을 수집한다. 여기에선 사진도 아주 많이 찍는다.

    훨씬 더 떨어진 곳, 옛 마을의 뒤편에는 시골 풍경이 전개된다. 거기엔 마을과 목장, 포도밭과 숲이 있다. 그곳의 자연은 늘 그렇듯이 거칠고 조야하다. 외국인들이 간혹 승용차를 타고 이 자연 속을 지나간다면 별로 볼 것이 없다. 어디서나 도로변에 목장과 마을이 먼지를 담뿍 뒤집어쓴 채 적의를 품고 놓여 있을 뿐이다.

    그 때문에 이방인은 즉시 그러한 소풍을 끝내고 다시 이상의 도시로 돌아온다. 거기 서 있는 커다란 고층 호텔에서 지적인 지배인의 안내를 받고 상냥하고 신중한 종업원의 시중을 받는다. 그곳 호수 위에는 매력적인 기선들이, 차도 위에는 우아한 승용차들이 달린다. 어디서나 아스팔트와 시멘트 위를 걷게 된다. 어느 곳이든 말끔히 청소가 되고 물이 뿌려져 있다. 어디서든 장신구와 청량음료를 살 수 있다.

    호텔 브리스틀에는 이전의 프랑스 대통령이, 파크 호텔에는 독일 수상이 묵고 있다. 사람들은 우아한 카페로 들어가 베를린, 프랑크푸르트, 뮌헨에서 온 친구들을 만난다. 고국의 신문을 읽으며 옛 도시에서 공연하는 이탈리아의 오페레타로부터 다시금 고향, 그 대도시의 훌륭하고 믿음직한 분위기 속으로 들어간다. 깨끗이 씻은 손을 잡고 악수를 나누고 서로 시원한 음료들을 권한다. 때때로 고향의 회사에 전화를 걸고, 다정하고 활기차게 옷을 잘 차려입은 다정하고 유쾌한 사람들 사이를 오간다.

    받침 기둥이 있는 난간과 복숭아나무 뒤편, 호텔 테라스에는 유명한 시인들이 앉아 생각에 잠긴 눈으로 거울 같은 호수를 응시한다. 그들이 종종 신문기자를 맞이하면 사람들은 곧 이런저런 대가들이 어떤 작품을 집필 중인지 알게 된다. 작지만 멋진 식당에서는 고국의 인기 여배우를 보게 된다. 그녀는 환상적인 의상을 걸치고 애완견에게 디저트를 먹이고 있다. 호텔 팰리스의 178호실에서 창문을 열고 끝없이 이어지며 가물대는 자동차의 불빛을 볼 때마다 그녀 역시 자연의 아름다움에 넋을 잃고 감동에 젖을 때가 많다. 호반을 따라 움직이다가 부두의 저편으로 꿈결인 양 스러져 가는 불빛들을 말이다.

    경쾌하고 즐겁게 사람들은 산책길을 거닌다. 다름슈타트에서 온 뮐러 씨 가족도 거기에 끼어 있다. 듣자니 내일 강당에서는 이탈리아의 한 테너 가수가 노래할 것이란다. 그는 카루소[18] 이후 유일하게 경청할 만한 가수다. 저녁녘에는 기선들이 들어오는 것을 볼 수 있다. 거기서 하선하는 사람들을 지켜보다가 다시 친지들을 만나게 된다. 얼마 동안 가구와 수예품들이 가득한 진열창 앞에 서 있다가 서늘해지면 호텔, 그 콘크리트와 유리 벽 뒤로 되돌아온다. 잠시 후 작은 무도회가 열릴 레스토랑에는 어느새 그릇과 유리잔과 은식기들이 번쩍거린다. 그렇지 않아도 음악이 벌써 연주되고 있다. 사람들은 저녁 화장을 마치기가 무섭게 달콤하게 흐느적거리는 멜로디의 영접을 받을 것이다.

저녁이 되면 호텔 앞에 피어 있는 꽃들이 서서히 그 화려함을 잃는다. 거기 꽃밭에는 콘크리트 벽 사이에 활짝 핀 꽃나무들이 빽빽이 서 있다. 동백나무와 커다란 종려나무들도 섞여 있다. 모두가 진짜다. 통통한 수국꽃에는 푸른 알갱이들이 탐스럽게 달렸다. 내일은 큰 무리를 지어 -아기오(-aggio)로 소풍을 간다. 사람들은 기대에 넘쳐 있다. 만약 실수로 내일 -아기오 대신 -이기오(-iggio) 또는 -이노(-ino)로 가게 되어도 전혀 문제 될 게 없다. 거기엘 가도 분명 똑같은 이상 도시, 똑같은 호수, 똑같은 부두, 그림처럼 재미난 옛 마을, 똑같이 유리 벽에 둘러싸인 멋진 호텔을 만나게 될 것이다. 그 유리 벽 뒤에서 종려나무들이 식사하는 우

---

18 엔리코 카루소(Enrico Caruso, 1873~1921)는 이탈리아 출신의 세계적인 테너 가수.

리를 바라볼 것이요, 똑같이 아름답고 은은한 음악이 들려올 것이요, 도시인의 삶에 속하는 모든 것이 원하기만 하면 거기에 있을 것이다.

(1925)

마사게타이족[19]의 나라에서

　의심할 나위 없이 나의 조국(정말 내게 그런 게 있다면)이 안온함과 멋진 시설에서 지상의 다른 모든 나라를 능가한다 할지라도 나는 최근에 다시 한번 여행에 대한 충동을 느껴 화약을 발명한 이후 더 이상 가지 않았던 먼 마사게타이의 나라로 여행을 떠났다. 한때 페르시아의 위대한 왕 키루스[20]를 굴복시켰던 이 유명하고 용감한 민족이 그동안 얼마나 변했으며 이 시대의 관습에 얼마나 적응했는지 보고 싶은 마음을 억제할 수가 없었다.
　사실 나는 결코 용맹한 마사게타이족을 기대감 속에서 과대평가한 적이 없다. 앞선 나라에 속하려는 명예욕을 가진 모든 나라처럼 마사게타이국 역시 최근에는 국경에 근접하는 모든 외국인

19　Μασσαγέται. 카스피해와 아랄해 연안에 살던 이란의 고대 유목민.
20　Cyrus. 옛 페르시아국의 창건자로 태양을 뜻하는 '쿠로스'에서 유래했다.

에게 기자를 보낸다. 물론 방문자가 중요하고 저명한 인사일 경우엔 예외다. 그들에겐 그때그때 지위에 따라 보다 큰 경의를 표한다. 권투 선수나 축구 스타가 오면 체육부 장관이, 수영 선수가 오면 문화부 장관이, 만약 세계 기록 보유자라면 수상이나 비서실장이 그들을 영접한다. 이번에 나는 그런 융숭한 접대를 모면했다. 내가 작가이기 때문이었다. 그리하여 국경에서 내게는 평범한 기자 한 명이 다가왔다. 잘생긴 용모에 편안함을 주는 젊은이였다. 그는 입국 전에 내게 나의 세계관, 특히 마사게타이족에 대한 견해를 간단히 진술해 달라고 요청했다. 그동안 이 아름다운 관행이 도입되었던 것이다.

"선생……" 나는 말했다. "나는 당신 나라의 훌륭한 언어를 완벽하게 구사할 수가 없습니다. 그러니 꼭 필요한 것만 말하게 해 주시오. 나의 세계관은 내가 이따금 여행하는 이 나라의 그것과 똑같습니다. 그야 당연한 일이지요. 당신의 저명한 나라와 백성에 대한 나의 지식으로 말하자면 아주 훌륭하고 고귀한 원천, 즉 위대한 헤로도토스[21]의 책 『클리오[22]』에서 얻은 것이니까요. 강한 군대의 용맹함과 영웅적인 토미리스 여왕의 명성에 깊이 놀라 나는 일찍이 이 나라를 방문하는 영광을 누렸거니와 이번에 결국 새로이 방문하고 싶었습니다."

---

21 그리스의 역사가로 '역사의 아버지'로 불렸다.(기원전 484?~기원전 430?)
22 그리스 신화에 나오는 학예의 신 아홉 중 역사를 주재하는 여신.

"대단히 감사합니다." 마사게타이인은 약간 가라앉은 음성으로 말했다. "당신의 이름은 우리에게도 알려져 있습니다. 우리 공보처에서는 우리 나라에 대한 외국의 언급을 매우 주의 깊게 추적하고 있습니다. 따라서 당신이 마사게타이족의 풍속과 관습에 대한 서른 줄의 글을 신문에 게재했다는 사실도 익히 압니다. 이번 우리 나라 여행에 당신과 동행하게 되어 영광입니다. 그동안 우리의 풍습이 얼마나 많이 변했는지를 당신에게 보여 드리도록 유념하겠습니다."

다소 어두운 그의 어조를 통해 나는 눈치챌 수 있었다. 내가 그토록 좋아하고 놀라워하는 마사게타이족에 대한 나의 글이 이 나라에서는 전혀 환영받지 못했다는 사실을 말이다. 문득 나는 돌아갈까 생각했다. 위대한 키루스왕의 머리를 피로 가득 찬 가죽 자루에 집어넣었던 토미리스 여왕, 그리고 이 활력 있는 민족정신이 나타내는 경이로움을 기억했다. 나에겐 여권과 비자가 있었다. 그리고 토미리스의 시대는 지나갔다.

"죄송합니다만……" 나의 안내자가 이제는 좀 더 다정하게 말했다. "우선 당신의 믿음을 알아보는 결례를 행해야겠습니다. 당신과 관련해 눈곱만큼도 문제가 있는 것은 아닙니다. 선생은 전에 이미 한 번 우리 나라를 찾지 않았습니까? 아무렴요. 이건 단지 요식 행위에 불과합니다. 당신이 좀 일방적으로 헤로도토스를 내세우니 말입니다. 당신도 알다시피 저 재능이 뛰어난 역사가의 시대에는 아직 공식적인 선전과 문화에 대한 업무를 보지 않았습니다. 따라서 그가 우리 나라에 관해 다소 소홀한 진술을 할 수도 있었을 겁니다. 오늘날 작가가 헤로도토스, 오직 그 사람만의 견해에 의존하는 것을 우리는 인정할 수 없습니다. 그러니 선생은 바라건대 간단히나마 마사게타이인들에 대해 어떻게 생각하며 어떤 느낌이 드는지 말씀해 주십시오."

나는 잠시 한숨을 내쉬었다. 그렇다. 이 젊은이는 나를 편안하게 놔두려 하지 않았다. 형식을 고집했다. 요식 행위를 말이다! 나는 말했다.

"물론 나는 자세히 공부했습니다. 마사게타이인이 지상에서 가장 오래되고 경건하고 개화했으며 가장 용감한 민족이라는 것, 가장 많은 무적 군대와 가장 위대한 함대를 가졌다는 것, 그들의 성격이 굽힐 줄 모르나 가장 사랑받는다는 것, 여인들은 아름답고, 학교와 공공 기관이 세상에서 가장 모범적이라는 것, 그뿐 아니라 그들이 온 세계인들의 추앙을 받을 정도로 다른 큰 민족들에게 결여된 미덕을 한껏 지니고 있다는 것, 즉 자신의 우월함을 느끼는 가운데 외국인에 대해 호의적이고 관대해 약소국에서 온 가련한 이방인이 마사게타이인다운 완벽함에 이르는 걸 기대하지 않는다는 것을. 이러한 사실에 대해 나는 내 고향에서 사실대로 충실히 보고할 것입니다."

"아주 좋습니다." 나의 동반자는 다정하게 말했다. "당신은 우리의 미덕에 대해 실제로 잘 열거했습니다. 어쩌면 핵심을 찌르고 있습니다. 보아하니 당신은 처음에 알았던 것보다 더 많이 우리에 관해 공부했습니다. 우리 아름다운 나라에 오신 것을 마사게타이의 충실한 마음으로 환영합니다. 당신이 아는 몇 가지 세부 사항에 물론 보완이 필요하지만 말입니다. 요컨대 두 가지 중요한 분야에서 우리의 고귀한 업적을 언급하지 않았습니다. 스포츠와 기독교 정신입니다. 선생, 한 마사게타이인은 눈 가리고 뒤로 뛰기 세계 선수권 대회에서 11초 098로 세계 신기록을 달성했습니다."

"사실 말이지……." 나는 정중하게 거짓말을 했다. "어떻게 그런 것까지 생각하겠습니까! 하지만 기독교 영역에서도 당신 민족이 세계 기록을 보유하고 있다고 하시는군요. 그 점에 대해서 가르침을 청해도 될까요?"

"아, 물론입니다." 젊은이는 말했다. "선생이 이 점에 대해 여행기에 호의적인 찬사를 좀 곁들여 준다면 환영해 마지않겠습니다. 예컨대 우리는 아락세스강[23] 연안의 작은 도시에 신부 한 명을 보냈습니다. 그는 평생 6만 3000번의 장례 미사를 집전했습니다. 다른 도시에는 전부 시멘트로 지은 유명한 현대식 성당이 있습니다. 벽, 탑, 바닥, 기둥, 제단, 지붕, 세례반, 설교단 등 이 모든 것이 현지 시멘트로 되어 있습니다. 최근의 전등과 헌금 상자를 제외하고 말입니다."

'이런,' 하고 나는 생각했다. 너희는 필경 시멘트 설교단 위에 시멘트로 된 신부를 세워 놓았구나. 그러나 나는 침묵했다.

---

23 오늘날의 터키 남쪽에서 발원하는 강.

"이보시지요……" 나의 안내자는 계속했다. "나는 선생에게 모든 것을 공개하고 싶습니다. 우리는 기독교도로서 우리의 좋은 평판을 가능한 한 선전하려는 데 큰 관심이 있습니다. 수 세기 전부터 우리 나라에서 기독교 신앙이 규모가 커지고 한때 마사게타이 신들을 경배하던 흔적이 없어졌음에도 페르시아의 키오스왕과 토미리스 여왕 시대에 믿던 옛날 신들을 다시 받들려고 고집하는 적지만 지나치게 열광적인 부류가 이 나라에 존재합니다. 이것은 몇몇 환상가들의 변덕에 불과하다는 점을 아셔야 합니다. 물론 이웃 나라의 언론이 이 웃기는 일을 취재하여 우리 군대 조직의 재편과 연관 짓고 있습니다. 그들은 우리가 다음 전쟁에서 모든 파괴 물질의 사용을 저지하려는 몇몇 시도를 보다 쉽게 중단시키기 위해 기독교를 말살하려 한다고 의심합니다. 이것이 바로 우리가 왜 기독교 정신의 강조를 환영하는가 하는 이유입니다. 물론 우리는 당신의 객관적 보고에 조금도 영향력을 행사할 생각이 없습니다. 하지만 적어도 당신을 믿고 알려 드릴 말이 있습니다. 당신이 우리의 기독교 정신에 대해 약간이나마 쓸 의향이 있다면 우리 수상의 개인적인 초대를 받으실 수도 있을 겁니다. 별도로 말입니다."

"생각 좀 해 보겠습니다." 나는 말했다. "원래 기독교는 나의 전문 분야가 아니라서 말입니다. 그런데 당신 조상들이 영웅적인 스파르가피세스를 위해 세운 기념물을 다시 볼 수 있을 듯해 무척 기대됩니다."

"스파르가피세스라고요?" 그는 우물거렸다. "도대체 누구를 말하는 겁니까?"

"토미리스 여왕의 아들 말입니다. 키루스왕에게 속은 치욕을 참지 못하고 감옥에서 스스로 목숨을 끊었지요."

"아, 물론입니다." 나의 동반자가 외쳤다. "당신은 항상 헤로도토스의 역사에 머물러 있군요. 네, 그 기념물은 사실 참으로 아름다웠다고 합니다. 그것은 기이하게 지상에서 사라져 버렸습니다. 들어 보세요! 당신도 아시다시피 우리는 학문에 아주 엄청난 관심을 갖고 있습니다. 특히 고대 연구에 대해서 말입니다. 연구 목적을 위해 발굴한 땅의 면적으로 말하자면 우리 나라가 세계에서 3, 4위는 차지할 겁니다. 주로 선사 시대의 유적을 찾기 위한 이 광범위한 발굴은 토미리스 시대의 기념물에까지 이르렀습니다. 바로 그 지역이 소위 마사게타이의 매머드 뼈가 대량으로 출토되는 곳이기에 사람들은 일정한 깊이에서 그 기념물을 발굴하려고 시도했습니다. 발굴 중 훼손되었지만 말입니다! 하지만 그 잔재를 마사게티쿰 박물관에서 볼 수 있습니다."

그는 나를 이미 대기해 놓은 자동차로 안내했다. 우리는 활기찬 대화를 나누며 이 나라의 중심부를 향해 달렸다.

(1927)

밤의 유희들

내가 밤에 꾼 꿈들을 기억하여 그것을 신중하게 재생산하는 기술에 익숙한 지도 벌써 몇십 년이 지났다. 때로는 그것을 기록하기도 했다. 당시에 배운 방법에 따라 그 의미를 점치거나 폭넓게 느끼고 귀 기울임으로써 그 꿈으로부터 어떤 경고와 날카로운 직관 같은 것을 얻어 내려 했다. 경우에 따라서는 훈계와 격려, 어쨌든 우리가 흔히 갖는 것보다 더 크고, 꿈과의 친밀함, 의식과 무의식 사이의 더 나은 교감을 말이다. 몇몇 심리 분석가들의 책, 그리고 실제 체험을 통해 정신 분석 자체에 대해 알게 된 것은 나에게 아주 대단한 사건이었다. 그것은 현실적인 힘과의 만남이었다.

그러나 아무리 알려고 안간힘을 쓰고 아무리 인간과 책을 통한 천재적이고 감동적인 가르침에 접하더라도 세월이 지나면 꿈과 무의식 세계와의 이러한 만남에 연관될 수밖에 없었다. 즉 삶은 계속 흘러갔으며, 점점 더 새로운 요구와 의문들이 제기되었다. 첫 번째 만났을 때 그 놀랍고 센세이셔널했던 것은 새로운 것을 요구했다. 분석학에 대한 체험의 총체는 자체의 목적으로 계속 유지될 수 없었다. 그것은 조정되었다. 일부는 잊히거나 삶에 대한 새로운 요구로 대치되었다. 그 조용한 작용과 힘을 완전히 잃지는 않고 말이다. 그것은 마치 젊은이의 삶 속에서 횔덜린, 괴테, 니체의 글을 처음 읽은 것, 이성(異姓)을 처음 알게 된 것, 사회적, 정치적 경고와 요구에 처음 마음이 움직인 것이 일부는 과거의 일로, 다른 일부는 체험이라는 재산으로 변용되어야 하는 것과 같다.

그때부터 나는 늙어 갔다. 그러나 꿈을 통해 나 자신에게 말을 걸거나 안내를 받거나 은밀한 가르침을 받는 능력이 다시금 나를 완전히 떠나지는 않았다. 동시에 꿈속의 삶이 한때 잠시나마 가졌던 그러한 현실적 절박함과 중요성을 이전처럼 되찾지는 못했다. 그 이후 내 꿈을 기억해 내는 시간이 아침이 되어 모든 꿈을 흔적 없이 잊어버리는 시간으로 바뀌고 있다. 그렇지만 여전히 나 자신의 꿈은 물론 다른 사람들의 꿈까지도 적지 않게 나를 놀라게 한다. 지칠 줄 모르는 창조적 환상 놀이를 통해, 천진난만하고 재치 넘치는 결합술을 통해, 그리고 자주 마음을 끄는 유머를 통해서 말이다.

꿈의 세계에 대한 일종의 확신, 꿈의 예술적 측면(지금껏 예술이 그러하듯 정신 분석에 의해 아직 충분히 이해되거나 주목받지 못한)에 대한 수많은 생각이 예술가인 내게 영향을 주었다. 예술 속에서 나는 항상 유희적인 것을 즐겼다. 일찍이 청소년 시절에는 자주, 커다란 즐거움 속에서, 그러나 대개 나 혼자만을 위해 일종의 초현실적 글쓰기에 몰두했다. 오늘날에도, 예컨대 잠이 오지 않는 이른 아침 시간에 나는 그렇게 한다. 물론 이 비눗방울 같은 형상들을 써내지는 않는다. 이러한 놀이를 하다 보면, 꿈의 소박한 기교와 초현실적인 예술(그것을 즐기고 습작하는 것이 내게는 많은 즐거움을 주고 힘이 덜 들지만)에 대해 숙고하다 보면 내가 시인으로서 왜 그러한 종류의 글쓰기 연습을 삼가야 하는지 확실해진다. 나는 양심에 비추어 그것을 사적인 영역에만 사용하도록 나 자신에게 허락했다. 평생 나는 수천 개의 초현실적인 시구와 격언을 만들었고, 아직도 여전히 계속하고 있다. 그러나 세월과 더불어 얻게 된 일종의 예술적 윤리와 책임감이 이러한 개인적이고 무책임한 제작 기법을 나의 진지한 작품에 사용하는 것을 오늘날에는 더 이상 용납하지 않는다.

 이제 이러한 논설을 여기에서 더 길게 늘어놓을 수가 없다. 내가 오늘날 다시 한번 꿈의 세계와 관련을 맺는다면 그것은 의도나 정신적인 목적을 갖고 그런 것이 아니다. 그저 며칠 사이에 몇 번의 특이한 꿈들과 만났다는 사실에 자극을 받았기 때문이다.

 고통스럽고 몹시 피곤해 일진이 안 좋았던 어느 날 밤 나는 첫 번째 꿈을 꾸었다. 강하게 압박하는 무의미한 생활 감정, 그리고 관절통에 시달리며 나는 누워서 자고 있었다. 이렇듯 즐겁지 않은 나쁜 수면 중에 내가 현실에서 했던 것을 정확히 꿈꾸었다. 내가 침대에 누워 있는 것, 힘겹고 기분 나쁘게 잠자고 있는 것을 나는 꿈꾸었다. 다만 알 수 없는 장소, 낯선 방, 낯선 침대에서였다. 그 낯선 방에서 잠으로부터 깨어나는 꿈을 계속해서 꾸었다. 천천히, 마지못해서, 피곤한 채로 나는 깨어났다. 피곤함과 현기증의 베일을 통해 나의 상황을 의식하는 데 오랜 시간이 걸렸다. 천천히 나의 의식이 돌아오도록 노력했고, 천천히, 그리고 마지못해 인정했다. 이제 유감스럽게도 내게 힘을 돋우기보다는 오히려 더 피곤하게 만든 어떤 고통스럽고 무가치한 거짓 잠으로부터 깨어났다는 사실을.

그리하여 이제 나는 (꿈속에서) 깨어났다. 천천히 두 눈을 뜨고, 천천히 나의 잠자는 동안 무감각해진 팔 위로 약간 높게 머리를 얹고는 낯선 창문을 통해 회색빛 일광이 떨어지는 모습을 보았다. 그러자 갑자기 경련이 일면서 어떤 불쾌감, 일종의 불안이나 양심의 가책 같은 것이 내 마음속을 파고들었다. 나는 황급히 회중시계를 꺼내 시간을 보았다. 이를 어쩌나! 벌써 10시를 지나 거의 12시 30분에 이르고 있었다. 몇 달 전부터 나는 한 김나지움의 학생, 즉 임시 청강생이었다. 그곳의 마지막 수업에 참석해 열심히, 그리고 늠름하게 공부함으로써 과거에 소홀히 했던 것을 만회하려 했다. 맙소사, 12시 30분이라니! 8시부터는 학교에 가서 앉아 있어야 하는데. 최근에도 한 번 그랬던 것처럼 설령 내가 교장 선생에게 나의 실수를 증가하는 노령의 장애 탓으로 돌릴 수 있다 하더라도, 그렇다, 그의 이해를 구할 수 있을지라도 어쨌든 나는 오전 수업을 빼먹었고, 오후에도 학교에 잘 갈지조차 확신이 서지 않았다. 그동안 진도가 나갔을 텐데 내가 수업을 따라갈 수 있을지 점점 더 의심스러워졌다. 그리고 이제 일종의 그럴듯한 변명거리가 떠오를 것 같았다. 김나지움에 재입학한 이후 몇 달 동안 그리스어 수업을 아직 한 번도 받은 적이 없어 불안했으며, 들고 다니기가 자주 힘겹게 느껴지는 무거운 책가방 속에 그리스어 문법책이 한 권도 없다는 사실 말이다.

  아, 아마도 세상과 학교에 소홀했던 의무를 벌충하고 무언가 올바른 것이 되려고 한 나의 고귀한 결심은 아무것도 아니게 되었다. 항상 나를 많이 이해해 주고 나의 책을 몇 권 읽어서 어느 정도 나를 아는 교장 역시 오랫동안, 아니 처음부터 내 시도의 허황됨을 확신하고 있으리라. 결국 나는 차라리 시계를 다시 집어넣고 눈을 다시 감고 오전 내내 침대에 누워 있을 것인가? 오후에도 똑같이 내가 무언가 불가능한 일에 도전하고 있다는 것을 시인하면서 빈둥거리게 될 것인가? 어떤 경우든 오전을 위해 자리를 박차고 일어나는 일은 더 이상 의미가 없었다. 오전은 허비해 버렸다. 낯선 방 낯선 침대에서 이러한 생각을 하기 무섭게 나는 실제로 깨어났고 창문을 통해 들어오는 가느다란 광선을 보았다. 그리고 내 방 내 침대에 있는 나를 발견했고, 아래층에 아침 식사와 많은 우편물이 기다리고 있다는 것을 알았다. 이 잠과 꿈을 더 고수할 방법이 없어 나는 마지못해 몸을 일으켰다. 그리고 이러한 꿈의 예술가인 나 자신에 대해 놀라며 미미하나마 미소까지 곁들였다.

그 꿈이 나를 거울 앞으로 이끌어 초현실적인 속임수를 아끼듯 사용하게 만들었다.

하루가 지나 현실적이지만 다소 시적이고 다소 동화 같은 꿈이 다시 가라앉아 거의 잊히려 할 때 또 하나의 꿈이 내게 말을 걸어왔다. 이번에는 시적이고 재미난 꿈이었다. 그러나 내가 꾼 것이 아니고 북독일의 어느 작은 도시에 사는 알지 못하는 여성 독자로부터 온 것이었다. 그녀는 약 십이 년 전에 그 꿈을 꾸었다. 그러나 결코 그것을 잊지 않았다. 그리고 이제야 비로소 나에게 알려 줄 생각이 났다고 했다. 나는 지금 그 편지를 있는 그대로 인용한다.

저는 선생님이 정원 일 할 때 쓰는 커다란 모자 위에 엄지손가락만 한 크기로 서 있었습니다. 선생님은 관목을 심고 계셨습니다. 제가 알기로 선생님은 흙에 물을 섞어 반죽하는 중이었습니다. 넓은 모자 테에 가려 저는 그것을 볼 수 없었습니다. 제 눈앞에는 경이로운 테라스의 풍경이 펼쳐져 있었습니다. 저는 흔들거리는 그물다리 위를 걷듯 선생님이 허리를 구부리면 미끄러지지 않을까 약간 겁을 내면서 뒤쪽으로 달려갔습니다. 또 이따금 선생님이 머리에 눌러쓰려고 양손으로 모자를 움켜잡을 때마다 옆에 있는 리본의 매듭 아래로 몸을 숨겨야 했습니다. 선생님이 저의 존재를 눈치채지 못하는 게 저는 무척 재미났습니다. 아름다운 새의 노래가 울려 퍼지면 기쁨이 배가되었습니다. 저는 어두운 나뭇잎 속에서 불새가 이글거리는 모습을 보았습니다. 불새는 조용히 저에게 이야기했습니다. "노래하고 있는 게 불새라는 걸 헤르만 헤세 씨가 알았으면! 그분은 그게 파파게노[24]라고 생각할 거야." 어쨌든 모든 것이 다 제겐 위안이 되었습니다. 풍경, 커다란 모자 위에 올라간 난쟁이 같은 저의 존재, 새의 노래, 선생님의 정원 일, 그리고 불새에 대한 선생님의 착각까지도요.

그것은 정말 더 유쾌하고 아름답고 또한 재미있는 꿈이었다. 그러나 낯선 사람의 꿈이었기 때문에 나는 그것을 이해하고 해석하려는 충동을 느끼지 못했다. 단지 그 꿈으로 인해 기뻤을 뿐이었다. 그러나 적어도 이런 생각은 떨치지 못했다. '그게 타미노[25]가 아닌지는 하느님만이 아실 거야!'

내가 보기에 이 낯선 여성의 꿈이 내 꿈보다 더 아름답고 순수했다. 그 꿈이 나의 꿈꾸는 재능을 자극해 명예욕에 사로잡히게 한 듯 나 자신이 그 후 곧 꿈 하나를 꾸게 되었다. 이번엔 아름답거나 해학에 넘치는 것이 아니었지만 아주 환상적이었다.

나는 다른 사람들과 함께 어느 커다란 집의 위층 어딘가에 있

---

24 모차르트의 오페라 「마술피리」에 등장하는 새 장수. 새의 노랫소리를 흉내 내어 새를 잡아 밤의 여왕에게 넘기고 그 대신 술과 음식을 받는다.
25 모차르트의 오페라 「마술피리」에 등장하는 남자 주인공. 파파게노와 함께 밤의 여왕의 딸 파미나를 구하러 사라스트로의 성으로 들어간다.

었다. 내가 알기로 극장이었고, 그곳에서 어느 누군가에 의해 희곡, 또는 오페라로 각색된 「황야의 이리」[26]가 공연되고 있었다. 보아하니 초연이었고 나는 거기에 초대받았다. 무대에서 진행되는 과정이 부분적으로는 친숙했으나 그중 아무것도 보고 들을 수가 없었다. 나는 성가대가 노래하는 교회의 위층 오르간 뒤에 몸을 숨기고 앉은 모양새로 일종의 벽감 안에 앉았다. 거기엔 이러한 벽감이 더 많았다. 본래의 극장 홀이 마치 나뭇잎에 싸이듯 벽감들에 둘러싸인 것 같았다. 나는 이따금 일어나서 연극을 볼 수 있는 자리를 찾았다. 그러나 그런 자리를 찾을 수 없었다. 우리는 공연에 지각한 사람들처럼 빙 둘러앉았다. 벽 뒤에서 연극이 상연되고 있다는 것을 알 뿐이었다. 이번 장면들은 각색자와 연출자가 음악, 세트, 조명 등에 비용을 아끼지 않았음을 알았다. 나는 혐오감이 들어 그것을 "허풍선이 연극"이라 부르며 방해하고 싶었다. 나는 불편한 느낌이 들었다. 그때 코로디 박사가 미소를 지으며 나에게 다가와서 말했다.

"당신은 안심해도 됩니다. 텅 빈 집들을 걱정할 필요가 없습니다."

나는 말했다.

"그럴 테지요. 하지만 내가 보기엔 이 허풍스러운 연극 짓거리가 3막 전체를 망쳐 놓는 것 같군요."

---

26 헤르만 헤세가 1927년에 쓴 소설의 제목.

더 이상 대화는 없었다. 점차 나는 나를 원래의 극장과 분리하게 만든 수수께끼 같은 건축물이 바로 오르간이라는 것을 발견했다. 나는 다시 몸을 움직여 오르간을 돌아 관객이 있는 공간으로 나갈 통로를 찾으려 했다. 그것은 성공하지 못했다. 그러나 꼭 도서관을 연상케 하는 오르간 몸체의 다른 편에서 얼마간 자전거와 닮은 기계 쪽으로 오게 되었다. 그것은 적어도 같은 크기의 바퀴가 두 개였고 그 위에 안장 같은 것이 달려 있었다. 그 물건을 보자 곧 분명해졌다. 만약 안장에 훌쩍 올라타 바퀴를 돌린다면 일종의 파이프를 통해 무대 위에서 공연하는 것을 듣거나 볼 수 있다는 사실을.

그것은 하나의 해결책이었다. 내 기분이 훨씬 좋아졌다. 그러나 꿈은 해결과 만족감 이상의 것을 가져다주지 않았다. 이 천재적인 기계를 발명한 데 만족했다. 나를 기계 앞에 서게 한 것을 재미있어했다. 바퀴 위에 꽤나 높게 달린 안장 위에 올라탄다는 것이 전혀 쉬운 일이 아닌 듯했다. 자전거를 탈 줄 아는 젊은이들에게도. 또한 안장은 결코 비어 있지 않았다. 내가 올라타려고 몸을 밀어 올릴 때마다 이미 누군가가 그 위에 앉아 있었다. 그렇게 나는 서서 안장과 그 경이로운 파이프들만 뚫어지게 쳐다보았다. 그 좁은 통로를 통해 무대에서 벌어지는 일을 보고 들을 수 있었으련만. 극이 진행되는 동안 전문가들이 3막을 망쳐 놓겠지만 말이다. 나는 흥분되지도 슬프지도 않았다. 그러나 놀림을 당하고 속임을 당해 무언가를 빼앗긴 기분이었다. 비록 연극 「황야의 이리」가 내

취향에는 절대로 맞지 않았지만 무대를 직접 보거나 아니면 적어도 경이로운 파이프 위에 달린 안장에라도 도달하고 싶었다. 그렇지만 아직 그것을 달성하지 못했다.

(1948)

노르말리아로부터의 보고

1948년의 한 단편

　호의적으로 나를 격려해 주시는 경애하는 친구여, 내가 늘 대화라기보다 논박조의 독백을 더 많이 늘어놓는 데다 세월이 불운하여 중단되었던 우리의 편지 교환을 다시 시작하고 싶습니다. 그리고 당신에게 다시 한번 내 삶과 이곳의 형편에 대해 보고하고자 합니다. 나는 물론 당신이 우리와 우리의 국가, 그리고 그 조직에 대해 나보다 더 잘 알고 있는지는 모르겠습니다. 주관에 사로잡힌 나는 여기에서 마치 집에 있는 듯 느끼며 잘 지내고 있습니다만 우리의 사회와 삶 속에 존재하는 여러 가지 특이함과 모순, 또는 생소한 일들로 인해 때로는 놀라거나 경악하기도 하고, 때로는 우롱당하거나 속았다는 느낌을 받지 않을 수 없군요. 지금이 바로 그렇습니다. 어쩌면 지구상의 어디나 어느 때나 그랬고, 또 지금 그렇습니다.

이미 말했듯이 나는 여기서 편안하다고 느끼고 있으며, 현 상황을 비판하거나 불평할 의도나 필요성이 추호도 없습니다. 그와 반대로 우리의 크게 확장된 기관에서는 살기가 좋습니다. 이 노르말리아[27]에서 우리의 삶이 던지는 수수께끼들도 당신의 북쪽 나라에서는 지금 뭐라고 부르는지 모르지만 아마도 서로 크게 다르지는 않을 것입니다. 우리는 예를 들어 이제 도대체 누가 우리의 지도자가 될 것인가 하는 의문에 몰두하고 걱정합니다. 그러나 당분간은 이런 중요한 문제에 대해서는 차라리 내가 입을 다물도록 해 주십시오! 과거의 전제 정치가 무너진 이후 우리가 공공연히 거론하는 "계급의 독재 정치"가 대체 어떻게 도래했는가 하는 문제에 대해서는 아는 바가 너무 적습니다. 당신은 오히려 다른 문제, 즉 일련의 복합적인 문제에 관심을 가지는 게 좋겠습니다. 요컨대 우리의 기관…… 아니, 우리의 광범위하고 인구 밀도가 높았던 공동체의 선사 시대 전설과 관련이 있는 문제에 대해서 말입니다. 당신도 아시다시피 우리 노르말리아 사람들은 여기서 자유 의지를 가진 사람으로서 동서부의 독재 국가 연합에 속하는 연방국의 한 구성원으로 살고 있습니다.

그러나 우리 나라와 공동체는 북아키텐[28]에 있던 넓이가 1평

---

27 Normalien. '원형, 규준, 모델'이라는 뜻의 독일어. 이 글에서는 나라 이름으로 사용하는데 너무 정상적이어서 오히려 구속이 된다는 역설을 내포하고 있다.

방마일도 안 되는 조그만 공원에서 시작되었습니다. 열두 개 정도의 건물이 있는 이 공원은 지난 전쟁으로 정치적 변화를 겪기 전에는 아주 잘 운영되던 중간 규모의 정신 병원에 지나지 않았습니다. 이 기관이 어떻게 완전한 국가로 발전했는가 하는 것을 공식적인 역사가들은 다음과 같이 해석합니다. 영광의 시대가 시작된 후 군중의 불안 심리 때문에 밀려드는 환자들을 저 널리 알려진 기관이 감당해야 했습니다. 그 결과 부락으로부터 하나의 마을이, 마을들로 구성된 집단이, 마침내는 시골과 도시로 이루어진 집단이 생겨났고, 요컨대 지금의 우리 나라가 성립되었습니다. 여러 증상을 보이는 환자들의 필요에 부응하여 중증 혹은 경증의 심리 장애인, 중독자, 노이로제 환자, 신경 쇠약자 등을 위한 기관 시스템이 생겨났습니다. 그러나 심각한 환자들을 위한 요양소들을 당시의 병원 규정에 따라 이전처럼 의사들이 관리하는 동안 그 주변에 부락과 주거 공동체로 된 조그만 세계가 형성되었습니다. 그 세계에는 의사도 정신 병원도 없었으며, 그곳의 쾌적한 주거 환경 때문에 서쪽으로부터 편안함을 갈망하는 사람들이 대거 몰려들었습니다. 우리가 그렇게 믿고 있거니와 전설이 전하는 바에 의하면 W. O.(서동) 국가 연합이 안정된 지 얼마 되지 않아 계급의 독재에 기초한 우리의 공동체, 즉 이성적이고 정신이 말짱한 사람 3000만 명을 위한 연구소가 생겨난 것입니다. 그 연구소에는 이

---

28 프랑스 남서부의 역사적 지명 이름.

성적이고 정신이 말짱한 사람이면 모두가 몇 가지 실험과 책임을 전제로 들어갈 권리를 갖습니다. 따라서 동풍과 서풍이 불어 모여든 집합체의 상당 부분이 많건 적건 환자와 장애인들로 구성되고 그들에 의해 통치된 반면, 국가로까지 확장된 우리 연구소에서는 기관의 원래 규정에 어긋나게 건강하고 정상적인 사람들이 하나로 결합했습니다.

    전설은 그렇게 말하고 있습니다. 우리는 근본적으로 그 전설에 만족하고, 모든 생물이 자기 존재를 믿거나 믿어야 하듯이 그것을 믿습니다. 다만 비교적 최근에 황당한 다른 이론과 생각과 결탁해 다음과 같이 불쾌한 사상이 우리에게 침투해 들어왔습니다. 즉 미친 사람들이 자신을 정상적이고 건전한 사람들로 생각하고 그렇게 행세하는 것은 그들의 근원적 속성이라는 것입니다. 우리가 사는 나라에서도 마찬가지여서 우리는 결코 이성적이거나 정신이 말짱한 사람들이 아니라 정신병자들이요, 이 가상의 나라에서 체류는 자유 의지에 의한 것이 아니며, 우리의 국가는 국가가 아니라 간단히 말해 미친 사람들로 가득 찬 거대한 정신 병동이라는 것입니다.

    이미 말했듯이 이것은 그저 이따금 우리 중 몇몇이 제법 진지하게 천착하는 문제입니다. 물론 이들은 우리 가운데 꽤 예리하고 재치 있는 두뇌의 소유자에 속합니다. 우리 혹은 다른 이들이 미친 사람인가 하는 의문은 우리네 천재들의 철학과 사색의 중요한 내용이 되고 있습니다. 우리 다른 사람들, 즉 비교적 냉담한 중

년들은 당연히 일반적인 규칙에 더 매달리기 때문에 전해 오는 전설, 요컨대 노르말리아에 체재하는 우리의 합리성과 자발성을 충실하고 소박하게 믿습니다. 그러나 또한 이런 해결할 수 없는 문제에 집착하는 것은 아무 소득도 없는 짓이며, 우리가 미쳤는가 정상적인가, 우리가 우리 안에 갇힌 원숭이인가 아니면 동물원의 창살 밖을 멍청히 내다보는 얼뜨기인가를 확인하는 것은 그리 중요하지 않다고 생각합니다. 오히려 형이상학 같은 현존은 물론 문제가 없지 않지만 아주 의미심장하고 매력적인 놀이를 터득하고 놀이를 하며 체험하는 선과 아름다움을 한껏 즐기는 것이 더 합당하고 바람직하다고 봅니다. 물론 우리 소장님의 인간성과 역할에 관해서는 온갖 회의와 한번 검증해 봐야겠다는 주제넘은 생각을 금할 수가 없습니다. 하지만 우선은 아무 말 않기로 하겠습니다. 우리가 이렇듯 까다로운 문제를 풀기 위해 언어와 논리라는 거친 방법을 가지고 접근하기 전에 우선 많은 것이 편안하고 명료해져야겠습니다. 존경하는 후원자 여러분, 우리 함께 가까운 것, 보기에 확실한 것을 고수합시다. 투기와는 가능한 대로 적당히 경계를 유지하도록 노력합시다.

    현재 나는 여러 번 주거지를 바꾼 끝에 다시 지난 몇 해처럼 노르말리아의 중심부, 즉 이전의 정신 병동 자리에서 살고 있습니다. 예전의 유명한 공원을 커다란 실용원과 갈라놓는 울타리에서 멀지 않은 새 부속 건물에서 지냅니다. 이 거처는 우리 나라의 다른 장소가 모두 그렇듯이 나름대로 장점과 단점, 특이한 지역적 전통, 특권과 예속성을 지니고 있습니다. 상대적으로 아직 젊은 나라, 극히 다양한 역사를 가진 지역으로 구성된 연방 국가에서 제아무리 강력한 제도와 이념도 지방의 독창성 강한 생활의 존속을 파기할 수 없듯이 말입니다. 예를 들어 옛 노르말리아의 주민인 우리는 국민의 의무에 대해 그리 신경을 쓸 필요가 없습니다. 다시 말해 선거의 권리는 갖지만 선거의 의무는 없습니다. 그리고 국민의 가장 중요한 역할인 세금 납부는 우리를 위해 기관장이 처리해 줍니다. 우리가 예금액을 아직 가지고 있는 한 세금 납부에 대해 걱정할 필요가 없습니다. 예금이 고갈되면 이제 국가는 우리를 다른 지역의 어떤 기업으로 보내 우리가 다시 세입의 원천이 되게 합니다. 물론 자발성과 자결권의 원칙을 완전히 유지하면서 말입니다. 당분간, 내가 배운 대로라면, 나의 예금액이 아직은 4분기 결산과 세금 납부를 여러 번 하기에 충분합니다. 다시 한 번 참으로 심각했던 저 위기가 도래하지 않는다면 말입니다. 그때에는 국민들이 한결같이 격분을 터뜨리며 전 재산을 세무서로 가져갈 테고, 세리들을 협박하고 경우에 따라서는 폭력을 사용하면서 그것을 받도록 강요할지도 모릅니다. 그렇게 되면 관리들의 불평이 대단할 것입니다. 그도 그럴 것이 우리 헌법에 따르면 국가가 모든 재산의 독점자가 될 때마다 더 이상 징수할 것이 없기에 모든 관리는 해고를 당하기 때문입니다. 그러나 그러한 관행들에 대해선, 존경하는 친구여, 당신이 나보다 더 잘 알리라 짐작이 갑니다. 왜냐하면 일정한 경계 안에서 나는 오늘날의 완벽해진 연합

국가의 삶에서도 한 명의 개인주의적인 몽상가로, 무지하고 무관심한 들러리 인생으로 남아 있기 때문입니다.

꽤 오랫동안 우리의 편지 교환이 중단되었지요. 이제 다시 우정을 되살려 나로 하여금 무언가 기술하고 이야기하게 해 주십시오. 그러면 당신에게 흥미로운 것을 알려 드릴 수 있을 것입니다. 내가 말하는 우리네 삶의 세부가 어쩌면 당신에게 새롭고 재미있을지도 모르니까요. 이미 지적했듯이 거기에 속하는 것으로는 무엇보다 많은 지역적인 특색과 지방과 도시 등 서로 다른 행정 구역의 특별법, 자발적인 독재의 획일성에도 불구하고 끈질기게 지속되어 온 역사적, 부분적으로는 태고적 영역의 특징 등이 있습니다.

예를 들어 삼사 년 전에 나는 마음 내키는 대로 주거지를 옮겼다가 관청으로부터 경고를 받았습니다. 플락센핑겐시로 이전했던 것인데 이 도시에 대해 나는 흥미로운 것들을 많이 읽었습니다. 나는 정원 정자를 하나 빌려 이사했습니다. 잠시 산책을 한 후 숲속에 있는 아늑한 벤치에 앉아 막 시 몇 줄을 적기 시작했습니다. 그때 오토바이를 탄 경찰관 한 명이 바람처럼 날렵하게 달려오더니 내가 뭘 하고 있는지 물었습니다.

"시를 짓고 있는데요."라고 나는 말했습니다. "선생께서 그것에 대해 문제 삼지 않는다면 말이지요."

"이런……" 그가 바로잡으려는 듯한 어조로 말했습니다. "그것을 문제 삼지 않는다면 내 임무를 제대로 수행하지 못하는 것이 될 테지요. 지금 시를 짓는다고 하셨나요? 그렇다면 선생이 그럴 자격이 있는지, 그것을 허락하는 증명서는 어디에 있습니까? 조합원 증명서는 어디에 있지요?"

당황해서 나는 그런 것은 가지고 있지 않다고 털어놓았습니다. 그러나 감히 덧붙여 말하기를 내가 알기로는 노르말리아 헌법 어디에도 조합 가입 의무나 조합 증명서에 대해서 언급하고 있지 않다고 했습니다.

"선생이 나를 가르치려 드는 겁니까?" 그는 언짢은 듯 소리쳤습니다. "노르말리아로 오건 노르말리아를 떠나건 알 바가 아닙니다. 여하튼 우리는 여기 플락센핑겐에 있습니다. 요컨대 증명서가 없다는 거지요? 도대체 조합의 일원이 아니라는 이야기를 하려는 거지요?"

사실 내 경우는 그러했습니다. 이제 난 이 도시에서 조합에 가입하지 않고 어떤 일을 하는 것만큼 철저히 거부되고 불가능한 일도 없다는 사실을 알게 되었습니다. 나는 종이와 연필을 넘겨주고 그 준엄한 남자를 따라갈 수밖에 없었습니다. 시청에 도착하자 시장 앞으로 인도되었습니다. 그런대로 호감이 가는 그 남자에게 나는 해명과 답변을 해야 했지요. 그리고 무엇이 문제인지 파악이 되자 시인 조합이나 문인 조합에 배정해 달라고 부탁했습니다. 시장은 좀 당황해했습니다. 그도 그럴 것이 그러한 조합이 그 도시에는 없었기 때문이지요.

내가 조합에 배치받을 때까지 아무것도 하지 않겠다는 서약을 한 후 시 의회가 소집되었습니다. 그 회의에서 형식적이지만 활기찬 토론이 있은 후 나에게 가장 어울리는 조합이 재단사 조합이라는 결정이 났으며, 거기에 나를 받아들이도록 요청하리라는 것이었습니다. 다시 재단사 조합장들이 나를 방문하고 내게 다음과 같은 설명을 할 때까지 며칠이 흘렀습니다. 즉 그들의 정관(定款)에 의하면 원래 나를 받아들일 수도 없고 받아들이고 싶지도 않지만 마침 가장 원로인 조합원 한 분이 돌아가셔서 나를 위한 자리 하나가 나게 되었다는 것이었습니다. 만일 내가 총회로부터 승인을 받으면 비록 조합법에 어긋나더라도 기꺼이 입회를 보장하겠다고 다짐했습니다. 나는 물론 어쨌든 인간과 시인으로서 내 명예가 결합할 수 있다면 모든 것을 약속하겠다고 말했지요. 나를 검열하는 조합의 회의가 다시 열린 후 나는 시험적으로 조합의 엄숙한 의식에 참석하도록 초대받았습니다. 바로 그 원로 조합원의 장례식이었죠. 나는 다소 불안한 마음으로 조합의 깃발 뒤에서 장례 행렬과 함께 걸었습니다. 그 깃발은 플락센핑겐시의 황금기에 외교 참사관이었던 리히터의 후원 아래 기증된 것이라고 합니다.

  화환을 헌정함으로써 장례식을 마친 후 우리는 좋은 백포도주를 곁들인 가벼운 식사를 하기 위해 '보리수' 주점으로 갔고, 거기서 꽤 많이 마셨습니다. 긴장이 풀리고 밝고 명랑한 기분이 감돌자 나는 그 분위기를 이용해 품위 있는 사람들 중 한 명의 곁으로 갔습니다. 그리고 내가 이제 조합원으로 받아들여질 가망이 있는지 물어보았습니다.

"아……." 그가 호의적으로 말했습니다. "왜 안 되겠어요? 선생이 우리를 마음에 들어 하는 한 지금까지 시인을 회원으로 둔 적이 없었다는 사실이 근본적으로 장애가 되진 않습니다. 솔직히 말씀드리자면 난 여태까지 작품집을 썼던 시인 누군가는 이미 오래전에 죽었다는 생각을 항상 해 왔습니다. 물론 선생 쪽에서 아직 건재함을 보이고 선생의 좋은 성향을 증명할 뭔가를 해야 하겠지만 말입니다."

나는 그것에 대해 마음의 준비가 되었다고 설명했습니다. 그리고 어떻게 하면 신사들 앞에서 최상의 자기소개를 할지 조언해 달라고 부탁했습니다.

"뭐 그리 걱정할 일은 아닙니다." 그가 말했습니다. "예를 들어 유리잔을 두드리고 일어서서 이렇게 말하시는 겁니다. 즉 조합 동료들과 하느님의 품에서 쉬고 있을 원로 회원에게 공감하여 고인에게 시 한 수를 바치고 오늘의 백포도줏값을 지불하고픈 마음이 생긴다고."

"포도줏값을 지불하는 아이디어는 꽤 맘에 드는군요." 나는 고마워하면서 말했습니다. "하지만 어떻게 내가 알지도 못하고 뵌 적도 없는 노인을 위해 시를 짓겠습니까? 내가 아는 거라곤 그분이 재단사였으며 조합원이라는 명예를 가지고 있었다는 것뿐인데 말입니다."

"선생은 여기서 이방인입니다." 내 후원자가 말했습니다. "그렇지 않았다면 우리의 원로께서 재단사가 아니었다는 사실을 아셨을 겁니다. 조합장이나 나나 다른 어떤 조합원들도 재단사가 아니듯이 말입니다. 선생 역시 재단사가 아니면서도 우리 조합원이 되려 하고요."

"그렇다면 대체 돌아가신 분의 직업은 뭐였습니까?"

"나도 정확히는 모릅니다. 내 생각으로는 전에 술 공장을 경영하거나 소유했을 겁니다. 그분은 교양이 있고 아주 매너가 훌륭했습니다. 하지만 선생의 시 때문에 쓸데없이 걱정할 필요는 없습니다. 시에 재단사 이야긴 없어도 되니까요. 단지 황금 가위가 그려진 붉은 비단 깃발, 죽음, 인생, 재회 따위에 대한 아름다움 같은 것이 들어 있으면 되겠지요. 그런 게 바로 이런 기회에 사람들이 듣고 싶어 하는 것입니다."

우리가 주점의 문을 들어서자 그는 조급해지기 시작했습니다. 안의 조그만 홀에서는 유리잔들이 울리는 소리가 났습니다. 나는 더 이상 그를 막을 용기가 없었습니다. 그를 돌아오게 했다 얼마 후 잔뜩 주눅이 든 채 그의 뒤를 따라갔습니다. 그러나 빵과 좋은 포도주를 들면서 점차 용기가 생기고 다시 기분이 좋아졌습니다. 나는 일어나서 즉흥적으로 시 한 수를 읊었습니다. 유감스럽게도 기록되지는 못했지만 나의 다른 어떤 시보다 힘 있고 활기차고 민중적인 것이었습니다. 그것은 회원들의 마음을 완전히 사로잡았습니다. 그들은 깊이 감동하여 동의한다는 듯 고개를 끄덕였습니다. "브라보"를 외치면서 모두 일어나 함께 축배를 들고는 내게 찬사를 보냈고, 나를 그들의 조합원으로서 환영한다고 말했습니다. 나는 눈물이 날 정도로 감격했습니다. 그래서 모두와 악수를 나눈 뒤 이제 포도줏값을 내겠다는 걸 알리려 했습니다. 그 순간 술을 많이 마신 후 번개처럼 빛나는 통찰 하나가 나에게 전혀 그럴 필요가 없다는 암시를 선사했습니다. 사실 내 얄팍한 지갑이 포도줏값 지불을 걱정하고 있기도 했지요. 그래서 나는 단연코 입을 다물고 말없이 잔을 들어 많은 이와 잔을 부딪쳤습니다. 그들은 나를 오래되고 명예로운 조합에 받아들였습니다. 나는 안전했고, 내 일은 두 번 다시 감시당하거나 금지되지 않았습니다. 모든 것이 절차와 형식에 따라 만족스럽게 이루어졌습니다. 그리고 또한 재단사 조합에 대한 이야기를 두 번 다시 듣지 못했습니다. 이 한 번만 그들의 아름다운 비단 깃발을 따랐고, 재단사가 아닌 사람들 속에서 재단사가 아닌 사람으로 빵과 포도주를 나눴으며, 동료들에게 시를 들려주면서 형제의 정을 나눴던 것입니다. 어떤 얼굴이 친한 척 내게 다가오는 일, 그리고 내가 그 사람이 조합원인지 아닌지 숙고하는 일은 드물었습니다. 그 얼굴의 주인공은 내 곁을 지나쳐 사라졌습니다. 그리하여 내게는 모든 체험 중 애도하는 술꾼들 무리 속에서 보낸 그 두 시간의 기억 외에는 아무것도 남아 있질 않았습니다.

    그러나 그 기회에 그렇듯 비정상적인 방식으로 생겨나 그렇듯 많은 갈채를 받았던 시에 관해서는 아주 말짱한 정신으로 말해야만 하겠습니다. 그것이 기록되어 보존되지 않은 것이 더 잘된 일이고 다행이었다고 말입니다. 그 시는 내게 맞지 않는 상황에서 만들어진 산물이고, 이러한 상황을 피하고 예방하기 위해 난 평생토록 많은 희생을 치러야만 했습니다. 그 시는 낯설고 잘 맞지 않는 상황에 어쩔 수 없이 적응하면서 생겨났고, 무언가에 도취한 상황에서 생겨났습니다. 그 도취도 나에게 아주 편안한 기억으로 남아 있는 탁월한 백포도주에 의한 것이 아니라 오히려 사교성, 소속감, 공동체, 가슴과 가슴, 어깨와 어깨를 맞댄 비일상적인 분위기 때문이었습니다. 그런 좋은 분위기는 어쩌면 정치가, 목사, 그리고 강연장의 달변가에게나 어울리지 사교가 아니라 은둔과 고독을 필요로 하는 시인, 혹은 그 비슷한 직업을 가진 사람에게는 걸맞지 않았습니다. 나는 무척 아름답게 보여 큰 성공을 거두었던 그 시를 잊어버렸거니와 이미 그 사실만으로도 그것이 좋은 시가 아니었다고 증명하는 셈입니다. 그러나 잊었다고 단정하지는 않겠습니다. 내 기억 속에는 약간의 후회와 수치심을 동반하면서 시랍시고 쓴 훈계조의 결말, 그 우스꽝스럽고 비겁하고 운명적이며 멋없는 생각이 남아 있습니다. 즉 죽음이 우리 모두를 기다리고 있지만 그래도 무덤이 우리를 삼킬 때마다 그 귀하고 오래된 깃발 아래 우리 함께 추모의 정을 헌주(獻酒)로 바치는 그런 동지를 알고 있다는 것이 하나의 위로가 된다는 구절입니다. 그렇듯 반지르르 기름을 친 어리석은 말이 내 입술에서 흘러나왔습니다. 회식 자리에 모인 고귀한 사람들을 현혹해 그들의 마음을 보다 높이 끌어올리기 위해서 말입니다. 이 회동자들 가운데에서 소속감과 비호감(庇護感)을 느끼는 것이 하나의 기만이었듯이, 늘 그랬던 것처럼 내가 사교성의 마술을 불신하고 경계하며 다시 외톨이로 방치되었듯이 아마도 다른 사람들의 감격, 동지애와 우정 또한 단지 비누 거품처럼 달콤한 거짓이었을 것입니다. 나중에서야 전적으로 동감하게 되었지만 나의 '재단사' 조합원 자격은 별탈 없이 유지되었고, 나를 위해 어떤 새로운 친선 모임이나 연회도 열리지 않았으며, 나에게 어떤 속박과 의무도 지워지지 않았습니다. 내 시의 청중으로서 감격하고 감사와 열광을 보내 준 고귀한 형제들이자 동료 재단사들은 나와 격렬한 악수를 나눈 후에는 전혀 나를 거들떠보지 않았습니다. 바로 이것이 다시 한번 조합이라는 사회, 즉 공공의 세계가 나에게 위협적인 요구를 하면서 다가왔던 아름답고 매력적인 이야기였습니다. 오토바이 소리도 요란하게 경찰이 나타난 후 세상 사람들은 마치 다시 한번 내 직업을 금지하려 하거나, 아니면 나로 하여금 그들의 인내심에 대해 터무니없이 크고 견딜 수 없는 희생을 치르게 하려는 듯 보였습니다. 그런 다음 모든 것이 장례 의식과 뒤이은 연회로 귀결되었고, 세상은 내게 주점을 가득 채운 격의 없는 사람들과 두세 시간의 술자리 이외에는 아무것도 요구하지 않았습니다. 그 사람들은 다음 날 더 이상 나를 알아보지도 못했고, 나에게 그들을 알아보도록 요구하지도 않았습니다.

    존경하는 분이시여, 이것이 나의 플락센핑겐 체험담입니다. 그 후 곧 다시금 제멋대로 주거지를 옮긴 행위에 대해 경고를 받으며 이주한 서쪽 문화권 지역에서는 이런 일이 아주 다르게 일어났습니다. 이 구역을 선택한 데는 무엇보다 이 지역에 대한 열정적인 문화적 관심, 그리고 공포와 외경심의 대명사였던 노르말리아의 독재자가 여기에 자주 머물렀다는 널리 퍼져 있지만 확인되지 않은 전설이 동시에 작용했습니다. 솔직히 말해 나로 하여금 서쪽 지역으로 진출하도록 부추긴 것은 늘 무엇보다 기회주의적인 고려들이었습니다. 나의 경제 형편은 새로운 배정을 필요로 했습니다. 플락센핑겐에서 이렇다 할 수입이 없었을 뿐 아니라 빚까지 졌기 때문입니다. 내가 비교적 짧은 체류 후 이미 자발적인 주거지 변경의 초대를 받은 것은 아마 다른 어떤 이유보다 이러한 경제적 불규칙성이 더 많이 작용했을 것입니다.

내가 얻은 정보들이 모두 거짓이 아니라면 서쪽의 문화 지역에서는 지금 예술과 학문이 높은 평가를 받고 황금기를 누리고 있었습니다. 거기에선 학교, 대학, 예술가 양성소, 박물관, 도서관, 출판사와 잡지사 등이 높은 수준에 도달했으며 각종 경연 대회, 국가 위원회, 학술 기관 들이 있다고 했습니다. 내 능력에 의해서든 문단에서 인정받던 예전의 내 명망에 의해서든 내가 그곳에서 기반을 잡고 한때의 명성을 되찾는 데 성공한다면 물질적 성공 또한 당연히 이룰 수 있었습니다. 그런 다음 계속해서 성공한 남자로 존경받으며 안온하게 서부 지역에 남아 풍족하고 평화로운 삶을 향유하고 비싼 세금을 물면서 높은 명망을 즐길지, 아니면 여기에서 번 돈을 가지고 마음속으로 그리워하는 원래의 노르말리아 땅으로 되돌아가 한평생을 연금 생활자로 살아갈지 거기에 대해서 나는 당분간 많은 생각을 하지 않았습니다. 우리 나라의 근원지이자 공원 같은 그곳으로 돌아가고픈 유혹이 한 번도 나를 놓아 준 적이 없었습니다. 문화 지역의 정신적 전성기에 대한 외경심에도 불구하고 나에겐 문화적 활동 속에 함께 휩쓸리는 행복이 그와 연관된 노력에 무조건 가치 있는 게 아닌 듯 보였습니다. 이러한 '행복'은 아마도 나이 먹어 평온함을 좋아하는 늙은이들보다 명예욕이 있는 젊은 사람들에게 더 큰 의미가 있을 것입니다. 그러나 한편 이 지역은 이미 언급한 바 있지만 그 독재자와 제국의 이 지방 사이의 독특한 관련성에 대한 소문 때문에 내겐 강한 매력을 갖고 있었습니다. 존경하는 후원자시여, 당신도 같은 생각이겠지만 그 위대한 독재자, 그 미지의 인물에 대해 더 많이 아는 것, 그, 혹은 그의 막료나 동조자들과 관계를 맺어 그를 둘러싼 많은 비밀 가운데 한두 가지를 밝혀내는 것이 내게는 아주 의미 있는 일이었을 겁니다.

 플락센핑겐에 있는 이주 희망자들의 집결지에서 나는 수송차가 서쪽 지역으로 출발할 때까지 며칠을 기다려야 했습니다. 승합버스에는 삼사십 명을 태울 수 있었습니다. 우리는 모두 지식인이거나 예술인이었습니다. 잘생긴 외모에 명랑한 성격의 두 젊은이만은, 내가 동행 중인 신문 기자를 통해 알게 되었지만, 이발사 계층에 속했습니다. 두 사람은 대다수의 동료들보다 더 내 마음에 들었습니다. 동승자 중에서 다른 두 사람만이 내 취향에 맞았습니다. 둘 다 긴 백발에 수염을 길게 기른 노인들로 요즘에는 전혀 어울리지 않는 구식 예술가 타입이었는데 머리카락, 수염, 옷차림이 세상과는 동떨어진 고귀함과 순박한 여유로움 때문에 돋보였습니다. 부끄러운 고백입니다만 나는 항상 이런 스타일에 대해 일종의 호의를 느껴 왔습니다. 물론 바로 이 고귀하고 탈속적이고 아름다운 두 백발 노인들은 완전히 유행에 뒤떨어진 머리 모양과 옷차림 때문에 젊은 이발사들의 조롱과 노골적인 경멸의 대상이 되었습니다. 혈기 왕성한 젊은이들은 훌륭한 노인들이 적어도 그들의 외관 속에서 계승하고 있는 예술가적 전통에 대해 무지했던 것입니다. 은발의 노인 중 한 명은 내 동료로 시인이었습니다. 나는 그것을 저 이야기하기 좋아하는 신문 기자를 통해 알았습니다. 우리가 휴게소의 어느 식당에서 식사를 하는 동안 나는 막 쓰기 시작한 그의 작품 하나를 볼 행운을 갖기도 했습니다. 그는 내 바로 옆 테이블에서 식사를 했는데 조그만 수첩을 앞에 놓고 있었습니다. 아직 비어 있는 새 수첩의 첫 페이지에 앙증맞게 예쁜 필체로 몇 줄의 글이 적혀 있었습니다. 나는 호기심에 가득 찬 눈으로 엿보면서 그 글을 해독해 냈습니다. 그 글은 다음과 같았습니다.

파파갈로[29]

---

29 Papagallo. 특히 이탈리아에서 여성 관광객들과 관능적 모험을 일삼는 불량 소년을 일컫는다.

우리가 들은 바에 의하면 얼마 전 모르비오의 한 지방에서 앵무새 한 마리가 태어났다. 이 앵무새는 학교를 다니는 동안에도 이미 모든 형제와 동료 중 나이에서나 슬기로움, 예지, 미덕, 신과 인간에 대한 사랑이 너무나 뛰어나 아라비아의 현자 무함마드나 지극한 존경을 받는 성자 아브라함의 명성에 뒤지지 않을 만큼 여러 도시와 나라에서 이름을 떨치기 시작했다.

나는 고전적 전통의 세련됨, 원만함, 유려함이 현대적 의미의 간결함, 웅장함과 멋진 방식으로 어우러진 이 이야기 방식에 감탄해 마지않았습니다. 은발 수염의 노인이 내 마음에 들긴 했어도 이렇듯 훌륭한 능력을 지녔다는 것은 믿지 못했습니다. 그와 좀더 가까워진다면 얼마나 기쁠까 생각했지만 유감스럽게도 그의 민감한 예술가적 감각은 막 쓰기 시작한 작품을 어떤 호기심 많은 자가, 어쩌면 예술을 알지도 못하는 문외한이, 어쩌면 아주 질투심 강한 동료 하나가 엿보고 있다는 사실을 눈치챈 게 틀림없었습니다. 갑자기 그는 수첩을 거칠게 덮더니 형언할 수 없는 경멸이 담긴 천재의 눈빛으로 나를 응징했습니다. 나는 부끄럽고 서글퍼서 잔뜩 움츠러들었고, 결국 식사도 끝나기 전에 식탁을 떠나고 말았습니다…….

(여기서 원고가 중단되었다.)

성탄절과 두 어린이의 이야기

우리의 조촐하고 조용한 성탄절 축제가 끝난 12월 24일 밤, 아직 10시 전이었지만 나는 제법 피곤하여 잠자리가 그리웠다. 무엇보다 이틀 내내 우편물도 신문도 보지 않고 누워 있을 수 있다는 기대감에 찼다. 소위 도서관이라고 불리는 우리의 커다란 거실은 우리의 마음처럼 무질서하고 지쳐 보였다. 그러나 훨씬 명랑한 분위기를 자아내기는 했다. 우리 세 사람, 즉 주인, 아내, 여자 요리사만이 축제를 벌였지만 환한 촛불들이 매달린 전나무에는 금빛 은빛 색종이와 리본들이 얽혀 있었다. 책상 위의 꽃들과 겹겹이 쌓인 신간 서적들, 꽃병에 기대어 놓은 그림들, 수채화 석판화 목판화 아동화, 그리고 사진들이 방을 축제 분위기에 넘치고 전에 없이 활기차게 만들었다. 마치 대목장이나 보물 창고처럼 생기와 파격, 동심과 유희의 숨결이 넘쳐흘렀다. 거기에 송진과 타고 있는 초, 빵과 포도주와 꽃의 향기가 이중 삼중으로 무질서하게, 그리고 도도하게 가세했다. 그 밖에도 그 시간의 방 안에는 옛 사람들에게나 어울릴 듯한 영상들, 지나간 세월의 그 무수했던 축제의 울림과 향기가 켜켜이 쌓여 있었다. 일흔 번 이상이나 엄청난 체험을 한 후 성탄절이 또 나를 방문했다. 아내에게는 성탄절 축제가 몇 년 적을 것이다. 그 대신 낯섦, 고향을 멀리 떠나 안온함을 잃어버린 듯한 기분은 나보다 훨씬 컸다.

  무척 힘이 들었던 지난날의 선물을 꾸리는 것, 선물을 받고 뜯는 것, 순수한 약속과 거짓된 약속에 대한 자각, 성탄절의 다소 과열되고 조급한 북적거림이 안정을 잃은 우리 시대에는 극복하기 어려운 일이었다. 따라서 이렇듯 수십 년간의 축제와 다시 만나는 것은 훨씬 더 엄숙한 과제, 적어도 순수하고 의미심장한 과제였다. 그 순수하고 의미심장한 과제는 기량을 마음껏 발휘하도록 요구할 뿐 아니라 도와주고 강하게 해 주는 축복을 지니고 있었다. 특히 의미의 결핍 때문에 병들어 죽어 가는 해체된 문명 속에서 개인과 공동체가 계속 살아가기 위해서는 무엇보다 우리의 존재와 행위에 의미와 정당성을 부여하는 것 외에는 다른 치료제와 영양제, 활력소가 존재하지 않는다. 평생의 축제와 그에 관련된 것들을 회상할 때마다, 유년기의 다채로운 분방함에 이르기까지 영혼의 소리와 움직임에 귀 기울일 때마다 바로 하나의 의미와 하나의 통일이, 우리가 때로는 알면서 때로는 모른 채로 평생을 맴돌았던 은밀한 중심이 존재하고 있음이 드러난다. 초와 꿀의 내음이 진동하던 경건한 유년, 외견상 아직은 성스럽고 파괴로부터 안전하며 파괴의 가능성을 믿지 않는 세계의 성탄절로부터 우리의 사생활과 시대의 온갖 변화, 위기, 동요, 성찰을 겪어 오면서 우리 마음속에는 하나의 핵심, 즉 하나의 의미와 하나의 은총이 유지되어 왔다. 그것은 교회 혹은 학문의 독선에 대한 믿음이 아니라 상하고 파괴된 삶이라도 항상 새로운 질서를 부여하는 중심이 존재한다는 믿음, 우리 존재의 아주 내밀한 핵심을 떠나 신에 도달할 수 있다는 믿음, 이러한 중심이 신의 현존과 부합한다는 믿음이었다. 신이 현존하는 곳에서는 물론 추한 것, 외견상 무의미한 것도 참아낼 수 있으리라. 신에게는 어느 곳에서도 현상과 의미가 분리되지 않으며 모든 것이 의미를 지니기 때문이다.

　그 조그만 나무는 벌써 오랫동안 어둡게, 그리고 다소 멍청한 모습으로 그의 책상 위에 서 있었다. 그것은 얼마 전부터 매일 저녁 그랬듯이 영롱한 전구의 빛을 발하고 있었다. 거기 창문 앞에서 우리는 다른 종류의 성스러움을 느꼈다. 날은 맑았다 흐렸다 자꾸 바뀌었다. 호수가 있는 골짜기 저편 산허리에는 이따금 가늘고 흰 구름이 길게 드리워 있었다. 그것들은 모두 똑같은 높이에 매달려 꼼짝도 않는 것 같았다. 그러나 우리가 다시 올려다볼 때마다 사라지거나 모습을 바꾸곤 했다. 그리고 밤이 되었을 때에는 우리가 밤새도록 하늘도 없이 안개 속에 처박혀 있어야 할 것처럼 보였다. 그러나 우리가 우리의 축제, 우리의 나무와 촛불, 우리의 선물과 점점 또렷해지는 기억에 몰두하는 동안 밖에서는 많은 일이 일어나고 연출되었다. 우리가 그것을 느끼고 방 안의 불을 끄자 온통 적막에 빠진 바깥에 너무나 아름답고 비밀에 가득한 세계가 놓여 있음을 발견했다. 우리 발아래 좁은 골짜기는 안개에 휩싸여 있었고, 그 위에서는 창백하지만 강렬한 빛이 넘실거렸다. 이 안개의 바다 위로 눈 덮인 언덕과 산들이 솟아 있었다. 그것들은 모두 똑같은 정도로 흩어진, 그러나 강렬한 빛 속에 서 있었다. 그리고 그 하얀 등성이에는 여기저기 앙상한 나무와 숲, 눈이 녹은 암벽이 뾰족한 펜으로 알기 힘든 글자들, 즉 비밀에 찬 상형 문자나 아라비아 문자를 써 놓은 것 같았다. 그러나 그 모든 것 위에는 보름달 빛을 받아 빛나는 구름 떼와 함께 광활한 하늘이 흰 오팔처럼 번쩍이며 드리워 있었다. 보름달은 불안하게 일렁이면서도 온 하늘을 빛으로 지배했고, 유령처럼 스러졌다가 다시 밀집하는 구름의 베일 사이에서 숨었다 나타났다를 되풀이했다. 달이 하늘의 한 모퉁이를 점령하면 그 주위에 서늘하고 무지개 같은 달무리가 보였고, 그로부터 눈부시게 방사되는 색깔이 구름의 가장자리까지 물들였다. 진주처럼 우윳빛처럼 그 상쾌한 빛은 하늘을 가로질러 달리고 흘러내렸다. 그러나 아래쪽 안개 속에서는 한결 약해진 빛을 반사하면서 마치 살아 숨 쉬듯 팽창과 수축을 반복했다.

    취침하기 전에 나는 다시 등불을 밝히고 선물이 놓인 탁자로 시선을 던졌다. 그리고 어린이들이 크리스마스이브에 선물 몇 개를 침실까지, 어쩌면 침대까지 가지고 가듯 나 역시 자기 전에 잠시 내 곁에 두고 살펴볼 요량으로 몇 개를 챙겨 들었다. 내 손주애들의 선물이었다. 제일 어린 지빌레는 먼지닦이 걸레를, 지멜리는 농가와 별이 떠 있는 하늘을 그린 조그만 그림을, 크리스티네는 내 늑대 이야기를 그린 두 장의 삽화를 선사했고, 힘에 넘치는 에바의 목판화와 그 애의 열 살 먹은 남동생 질버가 아빠의 타자기로 친 편지도 함께 있었다. 나는 그것들을 아틀리에로 가지고 갔다. 질버의 편지를 또 한 번 읽은 다음 선물들을 거기에 놓아두었다. 그러곤 밀려오는 피로와 싸우면서 침실을 향해 계단을 올라갔다. 그러나 나는 오랫동안 잠들어 있을 수가 없었다. 그날 밤의 체험과 영상들이 나를 깨워 놓았다. 내 손자의 편지는 매번 마음을 사로잡는 상상의 글로 끝맺었다. 이번에는 이렇게 썼다.

사랑하는 할아버지!
저는 지금 할아버지께 짧은 이야기 하나를 쓰겠습니다. 그건 이런 이야기예요.
파울은 믿음이 깊은 소년이었어요. 그 애는 학교에서 사랑하는 하느님 이야기를 아주 많이 들었답니다. 그 애는 이제 하느님께 무언가를 선사하고 싶었어요. 파울은 자기 장난감을 모두 살펴보았지요. 하지만 모두가 마음에 들지 않았어요. 그때 파울의 생일이 다가왔어요. 그 애는 많은 장난감을 받았답니다. 그 가운데서 탈러[30] 한 닢을 보았어요. 그 애는 소리쳤어요. 이것을 사랑하는 하느님께 선사할 테야. 파울은 말했어요.

---

30 18세기 중엽까지 사용한 독일의 은화.

저 밖 들판으로 나가자. 거기에 멋진 공터가 있어. 거기서 사랑하는 하느님이 날 보시고 데려가실 거야. 파울은 들판으로 나갔어요. 들판에 이르렀을 때 파울은 도움이 필요한 늙은 어머니를 보았습니다. 그 애는 슬퍼졌어요. 그래서 그 은화를 여인에게 주었지요. 파울은 말했어요. 원래 이 돈은 사랑하는 하느님께 드릴 거였어요.

질버 헤세 올림

그날 밤 나는 더 이상 내 손자의 이야기가 불러일으킨 기억을 떠올리는 데 성공하지 못했다. 그것은 다음 날에야 비로소 저절로 나타났다. 나는 지금의 손자와 똑같은 나이의 소년 시절을 회상했다. 그러니까 열 살 때였다. 나 역시 한번은 내 막내 여동생의 생일을 축하하기 위해 이야기 하나를 썼다. 그것은 소년 시절에 쓴 몇 편의 시들 외에 유일한 문학 작품이었다. 어쩌면 나의 소년기로부터 아직까지 남아 있는 단 하나의 습작일지도 모른다. 나 자신은 수십 년 동안 더 이상 그것을 생각하지 않았다. 그러나 몇 년 전에 어떤 계기로 그랬는지는 모르지만 이 소년 시절의 습작이 다시 내 수중으로 돌아왔다. 아마도 내 누이의 손을 통해 전해진 듯하다. 또렷이 기억할 수는 없지만 그 글에는 육십 년도 더 지난 지금 내 손자가 나를 위해 쓴 이야기와 어떤 유사점이나 연관성이 있는 것처럼 보였다. 그러나 내 소년기의 글을 분명히 갖고 있다 할지라도 어떻게 찾는단 말인가? 서랍마다 온통 가득 차 있고 표제어를 써 놓은 서류와 편지들은 꽁꽁 묶여 더 이상 구분할 수도 읽을 수도 없었다. 수년 또는 수십 년 동안 쓰고 인쇄한 글들이 내버릴 결단을 내리지 못해 여기저기 보관되어 있었다. 애착심 때문에, 꼼꼼함 때문에, 단호한 결단력 부족 때문에, 한번 쓰인 것은 어떤 새 작업을 할 때 '귀중한 자료'를 제공할 수 있다는 과대평가 때문에 보존되었다. 마치 외롭고 늙은 부인이 편지, 말린 꽃, 잘라 낸 아이들 머리카락을 궤짝과 상자에 가득 담아 다락방에 보관하듯 말이다. 해마다 원고 중 100파운드 정도는 태워 버렸는데도 거의 주거지를 바꾸지 않으며 늙어 간 한 작가의 주위에는 많은 것이 끝없이 쌓여 갔다.

그러나 이제 나는 그 이야기를 다시 보고 싶다는 소망에 집착했다. 그 이야기를 내 동갑내기 친구 실버의 글과 비교해 보거나, 아니면 베껴서 그 애에게 답하는 선물로 보내고 싶었다. 나는 나 자신과 아내를 들볶으며 온종일 찾았다. 그리고 결국은 전혀 뜻밖의 장소에서 찾아냈다. 1887년 칼브[31]에서 쓴 이야기였다. 그 내용은 다음과 같다.

　　두 형제
　　(마룰라를 위해)

31　독일 남부 보덴 호반에 있는 헤세의 고향.

옛날에 두 아들을 거느린 아버지가 있었다. 큰아들은 잘생기고 힘도 셌지만 작은아들은 작고 불구였다. 그래서 형은 동생을 멸시했다. 동생은 그것이 마음에 들지 않아 머나먼 세상을 방랑하기로 결심했다. 그가 어느 정도 나아갔을 때 한 마부를 만났다. 그는 마부에게 어디로 가느냐고 물었다. 마부는 유리산에 사는 난쟁이들에게 보물을 가져가는 중이라고 했다. 동생은 마부에게 보수가 얼마냐고 물었다. 다이아몬드 몇 개를 받게 된다는 게 대답이었다. 동생은 난쟁이들에게 가고 싶었다. 그는 마부에게 난쟁이들이 자기를 받아들일 것 같으냐고 물었다. 마부는 그건 알 수 없다고 말했다. 그러나 동생을 데리고 갔다. 마침내 그들은 유리산에 도착했다. 난쟁이들의 우두머리가 마부에게 수고한 대가를 충분히 지불하고 그를 보냈다. 우두머리가 동생을 보고 무얼 원하느냐고 물었다. 동생은 모든 것을 말했다. 그러자 동생에게 따라오라고 했다. 난쟁이들은 그를 기꺼이 받아들였다. 동생은 거기서 멋진 삶을 보냈다.

　이제 다른 형제에 대해서도 알아봐야겠다. 형은 오랫동안 집에서 아주 잘 지냈다. 그러나 나이를 먹자 군대에 가야 했고, 전쟁에도 참가하게 되었다. 그는 오른팔을 다쳤고, 그래서 구걸을 하며 지내야 했다. 그 가련한 형도 유리산에 오게 되었다. 불구자 하나가 거기 있는 것을 보았지만 그가 동생인 줄은 몰랐다. 그러나 그 불구자는 형을 알아보았다. 동생은 형에게 무엇을 원하느냐고 물었다.

"오, 나리. 빵 껍질이라도 좋습니다. 배가 고파 못 견디겠어요."

"나와 함께 갑시다."

동생이 말했다. 그들은 한 동굴로 갔다. 동굴 벽은 진짜 다이아몬드로 빛났다.

"저기서 다이아몬드를 한 움큼 가져갈 수 있어요. 도움 없이 저것을 캐낼 수 있다면 말이에요."

동생이 말했다.

거지는 성한 손으로 다이아몬드를 캐내려고 했지만 물론 잘될 리가 없었다. 그때 동생이 말했다.

"혹시 형제가 하나 있지 않나요? 그가 도울 수 있도록 해 줄게요."

그러자 거지는 울면서 말했다.

"분명 예전에는 동생이 하나 있었어요. 키가 작고 불구였지요. 당신처럼요. 그렇지만 착하고 다정했어요. 그 앤 분명 나를 도왔겠지요. 하지만 내가 그 애를 무자비하게 쫓아내 버렸어요. 오랫동안 그 애 소식을 듣지도 못했어요."

그때 동생이 말했다.

"내가 바로 그 꼬마예요. 이제는 고생하지 않아도 돼요. 나와 함께 살아요."

성탄절과 두 어린이의 이야기

나의 동화와 내 손자 녀석의 이야기 사이에 유사성과 연관성이 존재하리라는 것은 분명 할아버지의 착각이 아니다. 보통의 심리학자라면 두 아이의 습작을 이렇게 해석하리라. 즉 두 이야기꾼 모두 물론 자기 이야기의 주인공과 동일시된다. 신앙심 깊은 소년 파울도 꼬마 불구자처럼 동일한 소원을 성취한다. 요컨대 그것이 장난감과 은화이든 온 산에 가득한 다이아몬드와 난쟁이들과의 편안한 삶이든 진심 어린 선물하기다. 정상적인 성인들과는 거리가 멀다. 나아가 이 동화 작가들은 또한 도덕적인 선행, 즉 덕행의 영예로움을 묘사하고 있다. 연민에 가득 차 자신들의 보물을 가난한 사람에게 선사한다.(실제로는 열 살짜리 늙은이도 열 살짜리 소년도 그런 일을 하지 않았을 게다.) 그것은 아마 사실일 것이다. 나는 거기에 대해 이의가 없다. 그러나 또한 내가 보기에 그 소원 성취는 공상적이고 유희적인 세계에서 이루어진 것이다. 말하거니와 나는 열 살 나이에 자본가도 보석상도 아니었고 분명 다이아몬드에 대한 지식도 없었다. 반면에 그림 형제의 많은 동화나 알라딘의 요술 램프 이야기는 잘 알았던 것 같다. 다이아몬드 산은 어린이에겐 부유함에 대한 상상이기보다 이룰 수 없는 아름다움과 마력에 대한 꿈이었다. 이번엔 특이하게도 이런 생각이 들었다. 나의 동화엔 왜 사랑하는 하느님이 등장하지 않을까? '학교에서' 비로소 하느님에 대한 관심이 생겨난 손자에 비하면 나에겐 그것이 아마도 더 당연한 사실이었을 텐데 말이다.

슬프다. 인생이 그토록 짧은데도 중요하고 불가피해 보이는 현실적인 의무와 과제들로 가득 차 있다는 사실이. 때때로 우리는 아침에 침대를 떠나고 싶지가 않다. 커다란 책상 위에 끝내지 못한 일들이 넘쳐나고 종일 우편물 더미가 두 번이나 쌓일 줄을 알기 때문이다. 그렇지 않았다면 두 어린이의 원고를 가지고 여전히 재미있고 사려 깊은 놀이를 많이 할 수 있으련만. 나에겐 예컨대 두 습작의 스타일과 문장론을 비교하고 연구하는 것보다 더 흥미로운 일이 없는 것 같았다. 그러나 그렇게 아름다운 놀이를 하기엔 우리의 인생이 충분히 길지가 않다. 또한 두 작가 중 육십삼 년이나 어린 사람을 분석과 비판, 칭찬과 질책을 통해 그의 발전에 영향을 미치려고 해서도 안 될 것이다. 경우에 따라 물론 그 애는 이 늙은이와는 다른 무엇이 될 수도 있기 때문이다.

까마귀

　　치료를 위해 다시 온천장으로 갈 때마다 나는 이미 더 이상 놀라움에 사로잡히지 않는다. 언젠가 황금 벽의 마무리 공사가 끝날 날이, 아름다운 온천 공원이 공장 지대로 변할 날이 올 것이다. 그러나 나는 더 이상 그것을 보기 위해 살지 않을 것이다. 그런데 이번에 에네트 온천장으로 가는 추하게 경사진 다리 위에서 희한하고 감동적인 놀라움이 나를 기다리고 있었다.

　　온천 호텔에서 서너 걸음밖에 떨어지지 않은 이 다리 위에서 나는 날마다 몇 분 동안 빵 몇 조각을 갈매기에게 먹이면서 순수한 즐거움을 누리곤 한다. 갈매기들은 하루 종일 거기에 있지 않다. 설령 거기에 있더라도 늘 이야기를 나눌 수는 없다. 시간이 되면 갈매기들은 온천장 지붕 위에 길게 줄지어 앉는다. 다리를 주시하며 지나가던 사람이 걸음을 멈추고 가방에서 빵을 꺼내 던져 주기를 기다린다. 어린 갈매기와 공중 곡예를 벌이는 갈매기들은 사람들이 공중에 빵 조각을 던질 때마다 좋아한다. 행운이 계속되는 한 그것들은 빵을 던지는 사람의 머리 위를 선회하며 그곳을 떠나지 않는다. 그러면 우리는 갈매기 하나하나를 관찰하고 가급적 한 마리씩 차례대로 오게 할 수도 있다. 우리는 요란한 울부짖음의 소용돌이에 휩싸인 채 꽥꽥거리는 거친 삶의 무리에게 습격당하거나 구애를 받으며 쉴 새 없이 짧고 날카로운 울음을 토해내는 하얀 날개의 구름 속에 서 있게 된다. 그렇지만 매번 신중하고 날렵함을 뽐내지 않는 갈매기 무리도 있다. 그것들은 소요(騷擾)에 관여하지 않고 여유 있게 림마트강 깊은 곳까지 날아간다. 고요히 흐르는 그 강 위로 공중에서 경쟁하는 곡예사들이 놓친 빵 조각들이 늘 심심찮게 떨어진다.

    하루 중 갈매기가 전혀 보이지 않는 때도 있다. 학교나 클럽에서 행하는 소풍을 떠났거나, 아니면 림마트강 아래쪽에서 더 풍성한 먹이를 찾고 있는지도 모른다. 어쨌든 그것들은 몽땅 사라져 버린다. 어떤 때엔 갈매기 족속들이 있기는 하지만 지붕 위에 앉지도 않고 먹이 주는 사람의 머리 위로 돌진해 오지도 않는다. 떼를 지어 시끄럽게 울면서 무언가 중요한 일이 있는지 흥분한 모습으로 강물 위에 바짝 붙어 한 마장 아래쪽으로 이동한다. 그때엔 빵을 던지겠다는 신호도 소용이 없다. 그것에 대해 조금도 아쉬워하지 않는다. 그것들은 바쁘다. 새들의 놀이, 어쩌면 인간의 놀이, 아니면 종족의 회합, 싸움, 투표, 증권 거래 때문일까? 누가 알겠는가? 여하튼 당신은 맛있는 것이 가득 찬 바구니를 가지고는 흥분될 정도로 중요한 사업과 놀이로부터 그들을 꾀어낼 수 없을 것이다.

    이번에 내가 그 다리 위에 왔을 때 몸집이 조그만 검은 까마귀 한 마리가 난간에 앉아 있었다. 내가 가까이 다가가도 그놈은 날아가지 않았다. 나는 더욱더 천천히 한 걸음 한 걸음 녀석에게 접근했다. 그러나 두려움도 불신도 보이지 않고 호기심에 찬 듯 나를 바라볼 뿐이었다. 나로 하여금 반걸음 거리까지 다가서게 했고, 생기 넘치는 눈을 빛내며 나를 탐색했다. 회색 분가루를 뿌린 듯한 머리를 갸우뚱하면서 녀석은 마치 이렇게 말하려는 것 같았다.

    "아, 영감님! 놀라신 모양이군요!"

    사실 나는 놀랐다. 이 까마귀는 사람들과 어울리는 데 익숙했다. 사람들은 그놈과 말을 할 수 있었다. 어느새 몇 사람이 다가왔다. 그들은 까마귀를 알아보고 "안녕, 야콥." 하고 인사했다. 나는 그들에게 물어 지금까지 야콥에 관해 많은 정보를 얻었다. 그러나 사람에 따라 정보가 서로 약간씩 어긋났다. 중요한 질문은 답변도 듣지 못했다. 즉 까마귀의 집이 어디에 있으며, 어떻게 사람들과 이토록 친밀해졌는지 하는 질문은. 어떤 사람은 까마귀가 엔네트 온천장에서 어떤 부인의 소유가 되어 길들여졌다고 말했다. 또 다른 사람은 그놈이 여기저기 자기에게 알맞은 곳으로 자유롭게 돌아다니다가 이따금 열린 창문을 통해 방에 날아들어 먹을 것이 있으면 쪼아 먹거나 혹은 흐트러져 있는 뜨개질감을 갈기갈기 쥐어뜯기도 한다는 것이었다. 새 전문가로 보이는 한 프랑스인은 주장하기를 그놈은 희귀한 까마귀 일종에 속한다고, 그가 알기로 프라이부르크산에서만 출몰하며 거기 암벽들 속에서 산다고 단정했다.

    그 후 나는 까마귀 야콥을 때로는 혼자서, 때로는 아내와 함께 거의 날마다 만나서 인사를 하고 함께 이야기를 나누었다. 한번은 아내가 위쪽 가죽이 뚫린 구두를 신었는데 그 구멍으로 양말의 일부가 비쳐 보였다. 이 구두, 특히 양말이 드러나는 부분에 야콥은 지대한 관심을 보였다. 녀석은 땅 위에 내려앉아서는 반짝이는 눈으로 그곳을 들여다보고 열정적으로 쪼아 댔다. 여러 번 나는 녀석을 내 팔이나 어깨 위에 앉혔다. 녀석은 나의 외투와 옷깃, 또는 뺨과 목을 쪼거나 내 모자의 챙을 물고 늘어졌다. 녀석은 빵에는 별 관심이 없었다. 그러나 사람들이 녀석의 면전에서 빵을 갈매기들에게 나눠 주면 질투를 하거나 때로는 아주 못되게 굴었다. 녀석은 호두나 땅콩을 주는 사람의 손에서 노련하게 빼앗아 간다. 그러나 가장 좋아하는 것은 무언가를 쪼기, 뽑기, 잘게 부수기, 망가뜨리기였다. 구겨진 종이나 담배꽁초, 혹은 마분지 조각 위에 한 다리로 서서 참지 못하겠다는 듯 주둥이로 잽싸게 쪼아 대는 것도 좋아한다. 그리고 우리가 느끼건대 이러한 모든 일을 반복하는 것은 자신만을 위해서가 아니다. 자기 주위에 몇 명, 때로는 많이 모여드는 구경꾼들 때문인 듯하다. 녀석은 사람들 앞에서 땅 위를 종종걸음으로 뛰거나 다리 난간 위를 이리저리 거닐기도 한다. 사람들이 모여드는 것을 즐겨서 구경꾼의 머리나 어깨 위에 팔랑 올라갔다가는 다시 땅으로 내려앉기도 하고 우리의 신발을 관찰하고 그 속을 힘껏 쪼아 댄다. 쪼기와 뽑기, 물어뜯기와 망가뜨리기가 녀석의 재미다. 녀석은 개구쟁이같이 즐거워하며 그 짓을 하지만 관중도 거기에 휩쓸린다. 감탄하고 웃고 소리 지르고 우정을 확인함으로써 위안을 느낀다. 그런 다음 녀석이 양말이나 모자나 손을 쪼아 대면 다시 놀란다.

녀석은 자기보다 덩치가 두 배나 크고 힘도 몇 배 강한 갈매기들을 조금도 두려워하지 않는다. 때때로 녀석은 갈매기들과 함께 하늘 높이 날아오른다. 그러나 갈매기들은 그를 가만히 놔둔다. 우선 간신히 빵을 얻는 녀석이 라이벌이나 놀이의 훼방꾼이 될 수 없다. 추측컨대 갈매기들은 녀석을 무언가 희귀하고 수수께끼 같고 다소 신비한 현상으로 보는 것 같다. 그는 혼자다. 어떤 족속에도 속하지 않는다. 어떠한 관습이나 명령, 법도 따르지 않는다. 그는 많은 것 중 하나가 되는 까마귀 족속을 떠났다. 자신을 놀라워하고 먹이를 제공하는 인간들에게 몸을 돌렸다. 마음이 내키면 어릿광대와 줄타는 곡예사로서 인간들에게 봉사했다. 녀석은 그것을 재미있어하고, 그것으로 인간들의 찬사를 넉넉히 받을 수 있다. 화려한 갈매기들과 온갖 종류의 인간들 사이에 녀석은 검은 자태로 뻔뻔스럽고 외롭게 앉아 있다. 유일한 종류이며, 운명적으로, 혹은 자기 의지에 따라 종족도 고향도 없다. 당돌하게 날카로운 눈빛을 빛내며 앉아 다리 위를 지나는 차와 사람들을 쳐다본다. 극소수의 사람들은 무심히 지나가지만 대부분은 잠시, 대개는 오랫동안 걸음을 멈추고 경탄에 찬 눈으로 바라본다. 그것이 녀석에겐 즐거운 일이다. 사람들은 그에 대해 골똘히 생각하고, 그를 야콥이라고 부르기도 한다. 어떤 사람들은 그냥 지나가는 게 아쉬워 한참을 망설이기도 한다. 녀석은 사람들을 까마귀 이상으로 심각하게 만들지 않는다. 그러나 사람들 없이는 지낼 수 없는 것처럼 보인다.

    아주 드문 일이지만 녀석과 단둘이 있을 때마다 나는 녀석과 약간의 대화를 나눌 수 있었다. 이 새의 언어는 내가 어릴 때 몇 년간 우리 앵무새와 신뢰를 쌓는 동안 배웠거나 스스로 창안해 낸 것인데 가락을 띠고 짧게 연속적으로 내는 후음(喉音)으로 구성되어 있다. 나는 야콥 까마귀에게 몸을 구부리고 새의 방언을 반쯤 섞어 다정한 어조로 말을 걸었다. 녀석은 아름다운 머리를 뒤로 돌려 기꺼이 내 말에 귀를 기울이고는 곰곰 생각에 잠겼다. 그러나 뜻밖에도 녀석의 내부에 도사리고 있던 짓궂은 장난기가 먼저 발동했다. 녀석은 내 어깨 위로 훌쩍 날아올랐다. 그러고는 발톱으로 어깨를 움켜잡은 채 주둥이로 딱따구리처럼 내 목과 뺨을 난타했다. 결국 나는 견딜 수가 없어 날렵한 동작으로 빠져나왔다. 그러자 녀석은 내 맞은편 난간에 앉아 마냥 재미있다는 듯 새로운 놀이들을 준비했다. 동시에 인도의 양편을 재빠른 눈초리로 더듬으며 새로운 사람들이 걸어오지 않나, 녀석에게 새로운 승리를 안겨 줄 무언가가 없나 탐색했다. 녀석은 제 위상을 정확히 알았다. 덩치만 크고 굼뜬 동물인 우리를 압도하는 자신의 힘, 낯설고 볼

품없는 종족 가운데에서 유일하게 선택된 자라는 것을 알고 있었다. 줄 타는 곡예사나 어릿광대를 구경하듯 주위에 빽빽이 둘러서서 경탄하고 감동하고 웃어 대는 거인들의 모습을 즐겼다. 적어도 녀석은 내가 자기를 좋아하도록 만드는 데 성공했다. 내가 녀석을 찾아왔다가 발견하지 못하면 실망하고 슬퍼하게 만드는 데 성공했다. 나는 다른 많은 사람보다 훨씬 더 녀석에게 흥미를 느꼈다. 나는 갈매기들도 높이 평가한다. 주위를 선회하는 갈매기 떼 한가운데 서 있을 때면 그 아름답지만 야성적이고 격렬한 삶의 표현을 사랑했다. 그러나 그것들은 개별적 존재가 아니었다. 하나의 종족, 하나의 무리였다. 내가 그중 하나를 아무리 정확한 눈으로 관찰하고 경탄한다 해도 무리가 내 시야를 벗어날 때면 그놈을 다시 알아내기란 불가능했다.

    야콥이 어디에서 어떤 방법으로 그의 종족으로부터 추방되고 익명성의 안전함으로부터 벗어나게 되었는지 나는 결코 알지 못하리라. 녀석의 특이하면서도 비극적이고 찬란한 운명을 스스로 선택했는지 강제로 짊어지게 되었는지도. 후자의 개연성이 더 커 보인다. 아마도 아주 어렸을 때, 요컨대 아직 날개도 생기지 않았을 때 둥지에서 떨어져 부상당한 채 사람들에게 발견되어 보호받고 길러졌을지 모른다. 그러나 우리의 상상력은 개연성에만 만족하지 않는 법. 통상에서 벗어난 것, 놀라운 것을 연출하기 좋아한다. 그래서 나도 저 개연적인 것 말고 다른 두 가지 가능성을 생각해 냈다. 첫 번째 환상적인 생각은 이렇다. 야콥은 천재이기 때문에 어려서부터 정도 이상의 개성화와 차별성을 열망했다. 까마귀의 삶과 까마귀 족속이 알지 못하는 업적과 성공과 명예를 꿈꾸었고, 그것을 위해 고독한 아웃사이더가 되었다. 녀석은 실러의 시[32]에 나오는 젊은이처럼 야비한 형제들의 집단에서 벗어나 홀로 방황했다. 결국 세계가 우연한 행운을 통해 지금껏 모든 젊은 천재가 꿈꿔 온 저 아름다움과 예술과 명성으로 들어가는 왕국의 문을 열어 줄 때까지.

내가 생각해 낸 또 다른 우화는 이랬다. 야콥은 다분히 천재적 본성을 지닌 말썽꾸러기이자 개구쟁이이자 장난꾸러기였다. 녀석에게 아빠, 엄마, 형제자매와 친척이 있었다. 결국 그 종족과 무리도 그의 대담한 돌출 행동에 처음엔 아연실색했지만 때로는 즐거워하면서 녀석을 일찍부터 팔방미인, 혹은 약삭빠른 녀석쯤으로 여겼다. 그러나 뻔뻔함의 정도가 심해져 결국 부모와 이웃, 종족과 정부까지 화나게 하고 적으로 만들었다. 그 결과 공동체로부터 엄숙히 파문당한 후 속죄양처럼 황야로 추방되었다. 온갖 고초를 겪다가 죽음의 문턱에 이르기 바로 전에 녀석은 사람들을 만났다. 볼품없는 거인들에 대한 두려움을 극복하면서 그들에게 다가가 함께 어울렸고, 일찍부터 지니고 있던 대담한 본성과 특이함을 살려 그들을 매혹시켰다. 도시와 인간 세계로 들어가는 길을 찾아

---

[32] 프리드리히 폰 실러(Friedrich von Schiller, 1759~1805)의 시 「종(鐘)의 노래」를 가리킨다.

내자 녀석은 여기서 즐거움을 주는 새, 배우, 매력 덩어리, 신동으로서 자리를 확보했다. 이렇게 녀석은 오늘날 그런 존재가 되었다. 즉 대중의 사랑을 받는 새, 중년 남녀들이 갈망해 마지않는 연인, 인간의 친구이자 인간을 멸시하는 자, 무대 위의 모놀로그 예술가, 볼품없는 거인들에게는 미지의 이국에서 온 전령이 되었다. 어떤 이들에게는 어릿광대였고, 다른 이들에게는 어두운 경고가 되었다. 사람들을 웃기고, 그들로부터 박수받고 사랑받고 찬탄과 동정을 함께 받았다. 모든 사람에게 배우였지만 신중한 사람들에게는 문제아였다.

한편 우리 사려 깊은 사람들은—의심할 나위 없이 나 말고도 아직 많은 사람들이 있을 것이기에—우리의 생각과 추측, 우리의 지적 충동과 상상적 본능을 야콥의 수수께끼 같은 출생과 과거로만 방향을 돌리지 않았다. 우리의 상상을 그토록 자극하는 그의 출현은 어쩔 수 없이 그의 미래에 대해서도 많은 생각을 불가피하게 했다. 우리는 망설이면서, 저항과 슬픔의 감정을 지니고 그런 생각을 했다. 왜냐하면 우리의 사랑스러운 야콥의 종말은 추측컨대 폭력에 의한 것이 될 가능성이 있기 때문이다. 우리가 녀석을 위해 아무리 자연스럽고 평화로운 죽음을, 예컨대 따뜻한 방이나 그의 '주인이었다는' 엔네트 온천장의 전설적인 여인이 돌보는 가운데 맞는 죽음을 그려 보려고 애쓰더라도 그럴 가능성이 모두 희박해 보인다. 자유와 야성에서 벗어나, 같은 동족의 보호에서 벗어나 인간의 문명 세계 속으로 빠져든 동물은 여전히 재치 있게 주변의 낯선 환경에 적응할 수 있을 것이다. 여전히 천재적으로 특이한 상황의 모든 장점을 감지할 수 있을 것이다. 그럼에도 이러한 상황은 무수한 위험을 숨기고 있어서 빠져나가기가 쉽지 않을 것이다. 이렇듯 무서운 위험들을 상상하다 보면 전기에 감전되는 일부터 고양이나 개가 있는 방에 감금되거나 잔인한 개구쟁이에게 붙잡혀 고통을 당하는 일에 이르기까지 걱정스러운 것투성이다.

    옛날에 매년 왕을 선출하거나 추첨으로 고른 사람들의 이야기가 있다. 당시 아마 노예 같았는데 잘생겼지만 가난한 무명의 젊은이가 졸지에 곤룡포를 입고 왕으로 추대되었다. 왕의 궁전과 화려한 천막이 그를 맞았다. 복종하는 시종과 아름다운 시녀들, 부엌, 지하실, 마구간과 악대, 왕의 모든 권력과 부와 호사가 젊은이에게 현실이 되었다. 그리하여 새 통치자는 한 해가 바뀔 때까지 축제와 같은 날과 주와 달을 보냈다. 그러고 나서 그는 묶인 채 처형장으로 끌려가 죽음을 맞았다.

    그 신빙성을 검증해 볼 기회나 욕구는 없었지만 수십 년 전에 한번 읽었던, 동화처럼 아름답지만 잔인한 이 이야기가 이따금 떠오를 수밖에 없었다. 야콥이 여인들의 손에서 땅콩을 쪼아 먹는 양을 볼 때마다, 너무 칠칠치 못한 아이를 부리로 쪼면서 훈계할 때마다, 나의 앵무새 같은 지껄임에 관심을 보이며 너그러운 양 귀 기울이거나 1층 관람석의 열광하는 관객 앞에서 종이공을 발톱으로 움켜잡고 찢어 댈 때마다 그의 고집스러운 머리와 곤두선 회색 깃털이 분노와 기쁨을 동시에 표출하는 듯했다.

작품 해설

헤세 문학의 환상성

감옥에 갇힌 사람이 감방의 벽에 풍경화를 그린다. 강과 산, 바다와 구름, 추수하는 농부들, 그리고 그 한가운데를 지나가는 조그만 기차를 그려 넣는다. 그런 다음 그는 간수들이 지켜보는 가운데 그림 속 기차를 타고 유유히 터널 속으로 사라진다. 이것은 헤르만 헤세의 글 「짧은 이력서」(1925)에 나오는 한 장면이다. 자서전적인 이 글에서조차 헤세는 동화 같은 환상적 묘사를 빠뜨리지 않는다. 하긴 이 글에서 그는 고백하지 않았던가? "나 자신의 삶이 동화처럼 보일 때가 많다."라고. 이렇듯 동화 같은 '마술적 생각'에서 이 책에 실린 열한 편의 글들도 태어났다.

*

1900년에 쓴 「룰루」는 E. T. A. 호프만에게 헌정한다는 부제를 붙일 정도로 낭만주의적 환상성이 짙은 동화다. 이 글의 등장인물 중에서는 "어디든 나타나고 무엇이든 다 아는" 철학자 드레디훔이 마술사 역할을 한다. 이 '신출귀몰님'은 자신이 피운 담배 연기를 타고 사라지거나 친구의 송별연 날 전설의 '아스크성'을 커튼 위에 재현하기도 한다. 주인공 룰루의 현신이기도 한 릴리아 공주가 눈물방울로 하프의 여덟 번째 현을 대신하는 대목은 단연 압권이다.

    헤세는 스위스 바젤에 거주할 때 시와 산문을 엮은 책 『헤르만 라우셔의 유작과 시』(1901)를 출간했다. 이 글들에는 튀빙겐에서 서점원 노릇을 하던 시절의 체험이 투영되어 있다. 주지하는 바와 같이 헤세의 십 대는 정신적 방황이 극심했던 질풍노도기였다. 어렵게 들어간 신학교에서의 퇴학, 자살 기도와 정신 병원 생활, 김나지움 자퇴 등 소년 헤세의 삶의 행로는 순탄치가 않았다. 그가 마음의 안정을 찾기 시작한 것은 튀빙겐의 헤켄하우어 서점에서 견습원 노릇을 하면서부터였다. 이미 열세 살 소년 시절 "시인이 아니면 아무것도 되지 않겠다."라고 결심했던 이 고집쟁이는 이제 서점의 책들 속에서 그의 모범인 괴테와 노발리스를 다시 만났다. 동서고금의 문학과 철학 서적을 미친 듯 탐독하는 동안 대학이 아니라 책 먼지 날리는 어두운 서점이 그의 작가적 재능을 움트게 한 운명의 장소가 되었다. 서점 일을 보면서 첫 시집 『낭만적인 노래들』(1898)과 산문집 『자정 뒤의 한 시간』(1899)을 출간하는 등 고뇌에 찬 방황의 시절을 마감하고 작가가 되기 위한 새로운 길로 접어들었다.

이 시기에 헤세는 '소동인(petit cénacle)'이라는 동아리를 만들고 문학을 좋아하는 몇몇 친구들을 사귀게 되었다. 그중 법학도인 루트비히 핑크는 헤세의 시를 무척 좋아하는 친구였다. 헤세는 그를 '우겔'이라는 애칭으로 부르면서 절친하게 지냈고, 동화 「룰루」의 중요한 등장인물로 출연시켰다. 헤세가 스위스 바젤에 새 일자리를 구하자 '소동인'의 회원들은 알프스 산등성이에 있는 작은 도시 키르히하임에서 마지막 며칠을 함께 지냈다. 그들은 그곳 여관 주인의 아름다운 조카딸 율리에를 '룰루'라고 부르면서 모두들 좋아했다. 특히 헤세는 완전히 마음을 빼앗겨 바젤로 떠나기 전 열렬한 사랑의 편지를 보내기도 했다. 이 소녀와의 짧은 사랑은 '룰루'라는 제목을 붙인 동화와 시에 잘 나타나 있다. 시 「룰루」에서 헤세는 룰루의 아름다움을 이렇게 노래한다.

> 높은 산 초원 위에
> 구름이 수줍게 그늘을 드리우듯
> 조용히 다가오는 너의 아름다움
> 은은한 슬픔으로 내 마음을 흔들었다.

동화 「룰루」는 훗날 자주 나타나는 환상 동화의 원조라 부를 만하다. 낭만주의 동화를 동경하며 쓴 이 글에서 헤세는 E. T. A. 호프만처럼 현실과 환상을 적절히 혼합하면서 자신의 개인적 체험을 문학적으로 형상화했다. 이 작품에는 소도시 키르히하임과 아스크 왕국이라는 두 세계가 공존하고 있다. 즉 단조로운 일상적 삶과 현실의 커튼 뒤에 존재하는 경이로운 세계다. 그러나 두 영역이 다른 세계가 아니듯 주인공 룰루와 릴리아 공주도 다른 인물이 아니다. 아스크성과 릴리아 공주는 키르히하임과 룰루가 시인 라우셔의 마음속에 투영된 내적 영상일 뿐이다. 덧없는 삶의 뒤편에 존재하는 이 동화의 나라는 헤세의 마술적 생각이 만들어 낸 환상의 세계다.

「전쟁이 두 해 더 계속된다면」(1917) 역시 환상성이 짙은 글이다. 이 글을 발표한 시기, 즉 1차 세계 대전이 발발한 때(1914)부터 스위스 몬타뇰라에 은둔할 때(1919)까지가 헤세에게는 최대의 시련기였다. 베른에 거주하던 그는 전쟁이 나던 해 《신 취리히 신문》에 「오, 친구여, 그런 음조로 노래하지 맙시다!」, 「다시 독일에서」라는 칼럼을 발표해 전쟁을 부추기는 인텔리층의 국수주의를 경계했다. 그 결과 헤세에게 돌아온 것은 많은 비난과 따돌림뿐이었다. 독일 내 지식인들로부터 변절자, 매국노로 매도당하고 신문이나 출판사들로부터는 글을 받지 않겠다는 통보를 받았다. 거기에 가정적인 불운까지 겹쳤다. 1916년에 아버지가 사망하고, 같은 해에 막내아들 마르틴이 중병에 걸렸다. 더욱 고통스러운 것은 아내 마리아가 정신병 악화로 요양원 신세를 지게 된 것이었다. 마음에 깊은 상처를 입고 고립무원의 상황에 처하게 된 헤세 역시 심한 노이로제에 걸려 스위스 루체른에서 정신 분석 치료를 받기에 이르렀다.

「전쟁이 두 해 더 계속된다면」에서 헤세는 이런 위기 상황을 초래한 전쟁과 갖가지 통제가 자행되는 전시 체제의 살벌함을 날카로운 반어법과 냉소주의로 기술하고 있다. 사고가 경직된 시대일수록 단세포적인 생각, 그리고 서류와 문서가 판을 치게 마련이다. 헤세는 서두에 소개한 글 「짧은 이력서」에서 이러한 현실을 "지옥 중에서도 가장 저주받은 지옥"이라고 부른다. 그래서 화자인 '나'는 벽에 그린 기차를 타고 "문서로 가득 찬 숨 막히는 공간"을 떠나 자유의 세계로 탈출하는 것이다. 「전쟁이 두 해 더 계속된다면」의 무대야말로 철저히 통제받는 규제의 지옥이다. 신분증 없이 거리를 거닐지 못하고, 누구나 거주 승인서를 지참해야 한다. 가죽 구두를 신은 것 역시 용납할 수 없는 '미친 짓'이다. 죽기를 원할 경우에도 사망 카드 작성비를 지불해야 할 정도다. '왜 전쟁을 그토록 높이 평가하는가?'라는 '나'의 질문에 당국의 관리는 단호하게 대답한다.

> "전쟁이야말로 우리가 가진 유일한 것이다! 즐거움, 개인적 소득, 사회적 명예욕, 소유욕, 사랑, 정신적인 일…… 이 모든 것은 더 이상 존재하지 않는다. (……) 전쟁 덕분에 아직도 질서, 법칙, 사상, 정신 같은 것이 이 세계에 존재한다."(96쪽)

의사소통에 절망한 이 글의 '나' 역시 마술의 힘을 빌려 지옥의 현장을 떠난 후 더 이상 귀향하려는 생각을 접어 버린다.

1925년에 쓴 「남쪽의 낯선 도시」는 이 글에서 언급한 대로 실제 장소라기보다 수많은 도시 중 하나의 "표본"일 뿐이다. "야자수가 있고 레몬이 꽃을 피우는 진짜 남쪽", "푸른 호숫가의 그림 같은 도시"인 것으로 보아 스위스 남단이나 이탈리아 북부 어느 휴양지임에 틀림없다. 몬타뇰라의 산장에서 몇 해의 혹독한 겨울을 보내다가 헤세는 관절염을 앓게 되었고, 그 후로 겨울이면 인근의 로카노나 바덴, 혹은 북쪽의 취리히에서 지냈다. 이때 체험한 휴양지의 정경이 이 글에 녹아들어 있다. 화자는 자연의 순수함까지 인공적으로 재현해 낸 멋진 시설에 찬탄을 보내면서도 어느 곳이나 판에 박은 듯 똑같은 '현대 정신의 익살과 실용성'을 은근히 꼬집는다.

> 거기엘 가도 분명 똑같은 이상 도시, 똑같은 호수, 똑같은 부두, 그림처럼 재미난 옛 마을, 똑같이 유리 벽에 둘러싸인 멋진 호텔을 만나게 될 것이다. 그 유리 벽 뒤에서 종려나무들이 식사하는 우리를 바라볼 것이요, 똑같이 아름답고 은은한 음악이 들려올 것이요, 도시인의 삶에 속하는 모든 것이 원하기만 하면 거기에 있을 것이다.(104~105쪽)

「마사게타이족의 나라에서」(1927)는 그리스의 역사가 헤로도토스의 책에서 소재를 얻은 글이다. 전쟁을 좋아하는 야만국 마사게타이는 쇼비니즘과 패권주의가 팽배하던 당시의 독일에 대한 패러디에 다름 아니다. 1943년에 쓴 헤세의 대작 『유리알 유희』에도 마사게타이국에 대한 언급이 잠깐 나온다. 주인공 크네히트가 정신성의 유토피아 카스탈리엔의 위험과 문제점을 당국자에게 알리는 편지의 한 대목에서다. 소설 속에서 마사게타이족이 지배하던 시대는 "난폭하고도 혼란한 바빌론의 시대"다. 당시 이 나라의 대학 교수가 권력에 아부하며 "2를 두 번 곱하면 얼마가 되는지는 대학 교원이 아니라 장군님이 결정할 일이다."라고 했을 정도다. 「마사게타이족의 나라에서」는 이 고대 국가를 현대로 옮겨 놓고 당국자들이 자신의 경직성을 갖가지 미사여구로 합리화하는 모습을 희화화하고 있다.

　「노르말리아로부터의 보고」(1948)에서는 「전쟁이 두 해 더 계속된다면」에서 제기한 조직 사회의 경직성에 대한 풍자와 다시 만난다. 이 사회에서 거주하려면 누구나 조합에 가입해야 하는데 시인인 화자는 '시인 조합'이 없어 '재단사 조합'에 가입하는 코미디를 연출한다. 그러나 시의회까지 열어 거창하게 가입을 승인한 후 당국자들은 화자를 더 이상 알아보지도 못하고, 또 그들을 알아보도록 요구하지도 않는다. '노르말'한 (정상적인) 나라에서 아주 비정상적으로 지내면서 화자는 이 나라가 "미친 사람들로 가득 찬 거대한 정신 병동"일지도 모른다는 "황당한 이론"을 슬며시 내비친다.

「사랑에 빠진 젊은이」(1907)와 「세 그루의 보리수」(1912)는 순수한 창작 동화로 전자는 속세의 사랑을 초월하는 깊은 신앙심을, 후자는 죽음도 두려워하지 않는 형제간의 우애를 주제로 삼고 있다. 헤세는 자신의 꿈 이야기를 곧잘 글로 소개하는데 「신들의 꿈」(1924)과 「밤의 유희들」(1948)이 이에 해당한다. 두 글은 어느 날의 특이한 꿈의 기록일 뿐 특별히 전하려는 메시지는 없다.

「성탄절과 두 어린이의 이야기」(1950)에 나오는 두 어린이는 열 살짜리 손자 질버와 육십삼 년 전의 열 살짜리 헤세 자신이다. 성탄절 날 선물로 받은 손자의 짤막한 글이 육십삼 년 전 어린 헤세가 쓴 글과 유사한 사실에 일흔세 살의 노작가 헤세는 깊은 감회에 젖는다. 두 어린이의 습작을 비교하고 연구하고픈 생각마저 들지만 결국 헤세는 이렇게 결론을 맺는다.

> 그렇게 아름다운 놀이를 하기엔 우리의 인생이 충분히 길지가 않다. 또한 두 작가 중 육십삼 년이나 어린 사람을 분석과 비판, 칭찬과 질책을 통해 그의 발전에 영향을 미치려고 해서도 안 될 것이다. 경우에 따라 물론 그 애는 이 늙은이와는 다른 무엇이 될 수도 있기 때문이다.(151쪽)

마지막 작품 「까마귀」(1915)는 짤막한 소품이지만 헤세의 글쓰기 솜씨가 유감없이 발휘된 글이다. 까마귀 한 마리가 작가의 상상력을 이렇게도 멋지게 끌어낼 수 있다니 놀랍다. 헤세의 눈에 온천장의 그 까마귀(야콥이라는 이름까지 있다.)는 엉뚱한 천재적 기질 때문에 종족에게서 추방당한 아웃사이더다. "자유와 야성에서 벗어나 (……) 인간의 문명 세계 속으로 빠져든" 그 까마귀가 인간들에게는 "인간의 친구이자 인간을 멸시하는 자, 무대 위의 모놀로그 예술가, (……) 미지의 이국에서 온 전령"으로 보인다. 그러나 정작 까마귀는 곡예사나 어릿광대를 구경하듯 "주위에 빽빽이 둘러서서 경탄하고 감동하고 웃어 대는 거인들"의 모습을 즐기는 것처럼 보인다.

위에서 살펴본 대로 열한 편의 작품 하나하나에는 아무리 짧은 글이라도 헤세 특유의 사상과 미학과 해학이 번득이고 있다. 기발한 착상이 언어의 마술 놀이를 벌이며 우리를 멋진 환상의 세계로 이끈다. 그 동화 같은 나라에서 우리는 그가 들려주는 메시지와 만나 공감하고 감동하면서 그의 문학이 선사하는 아름다움에 매혹당한다. 헤세의 친구이자 전기 작가인 후고 발(Hugo Ball, 1886~1927)은 자신이 쓴 헤세 전기(1927)에서 헤세의 '마술'을 이렇게 찬탄한다.

헤세의 연구와 기호(嗜好)가 해를 거듭할수록 마술을 더해

간다. 마술은 그에게 비유적으로 강조되는 정신이다. 육체와 영혼의 모든 힘이 동시에 채워지는 환상의 형태다. 마술은 그에게 몸짓과 암시와 이름의 인장(印章)이며, 그것들을 포착하는 에너지다. 본성이 위축되고 거칠어지는 것을 막는 장치다. 마술 속에서 무의식적인 충동적 삶은 모두 적절한 정신적 삶을 발견한다.

*

몇 년 전 역자가 번역한 헤세의 『환상 동화집』은 그동안 많은 독자의 사랑을 받았다. 그때 함께 묶지 못한 환상적인 글 몇 편을 더 선사하고픈 마음에서 나름대로 정성을 기울여 번역하였다. 아름다운 헤세의 글들이 우리 독자에게 큰 기쁨과 감동을 줄 수 있으면 좋겠다. 끝으로 이 글들을 엮어 아름다운 책으로 만들어 준 민음사의 여러분에게 깊이 감사드린다.

2005년 여름
정서웅

작가 연보

수도원 학교를 나와 자살 기도, 첫 책 출간

1877년　　　　　7월 2일 독일 남부 뷔르템베르크주의 칼브에서 선교사의 아들로 태어났다. 외조부는 유명한 인도학자이자 선교사인 헤르만 군데르트다.

1881~1891년　　부모와 함께 스위스 바젤에 거주하고, 1883년에는 스위스 국적을 취득한다.(그 전에는 러시아 국적이었다.) 1886년 다시 독일 칼브로 돌아와 학교에 들어가고, 1890년 괴핑겐에 있는 라틴어 학교에 다니게 된다. 1891년 뷔르템베르크 시민권(독일 국적)을 취득한다.

1891~1892년　　마울브론 수도원 학교에 입학하지만 시인 외에는 아무것도 되지 않고자 했기 때문에 일곱 달

	뒤 도망친다. 1892년 6월 자살을 기도하고 슈테텐 신경과 병원에 석 달간 입원한다. 그해 칸슈타트 김나지움에 입학한다.
1894~1898년	칼브의 시계 공장에서 실습생으로 일 년간 일하다가 1895년부터 튀빙겐 헤켄하우어 서점에서 책거래 견습생으로 일하며 첫 책인 『낭만적인 노래들(Romantische Lieder)』을 출간한다.

활발한 저술 활동, 결혼과 전쟁 발발

1901~1902년	피렌체, 제노바, 피사, 베네치아 등지로 첫 이탈리아 여행을 떠났다. 1902년 『시집(Gedichte)』을 출간한다.
1903~1905년	피렌체, 베네치아 등지로 두 번째 이탈리아 여행을 떠났다. 1904년 『페터 카멘친트(Peter Camenzind)』를 출간하고, 마리아 베르누이와 결혼한다. 연구서인 『보카치오(Boccaccio)』와 『프란츠 폰 아시시(Franz von Assisi)』를 출간한다. 1905년 첫 아들 브루노가 태어난다.
1906년	『수레바퀴 아래서(Unterm Rad)』를 출간하고, 잡지 《3월(März)》을 창간한다.
1907~1909년	1907년 중단편집 『이 세상에(Diesseits)』를,

	1908년 중단편집 『이웃들(Nachbarn)』을 출간한다. 1909년 둘째 아들 하이너가 태어난다.
1910~1911년	1910년 장편 소설 『게르트루트(Gertrud)』를, 1911년 시집 『도중에(Unterwegs)』를 출간한다. 셋째 아들 마르틴이 태어난다. 그해 인도 여행을 떠난다.
1912~1913년	단편집 『우회로들(Umwege)』을 출간한다. 스위스 베른으로 이주한다. 1913년 『인도에서. 인도 여행의 기록(Aus Indien. Aufzeichnungen einer indischen Reise)』을 출간한다.
1914년	장편 소설 『로스할데(Roßhalde)』를 출간한다. 전쟁 초에 군 입대를 자원했으나 복무 부적격 판정을 받아 베른에서 '독일 포로 구호' 기구에서 복무하며 전쟁 포로와 억류자들을 위해 잡지를 발행한다. 출판사를 만들어 1918년부터 1919년까지 스물두 권의 소책자를 펴낸다.
1914~1919년	수많은 정치 논문, 경고 호소문, 공개 서한 등을 독일, 스위스, 오스트리아 신문과 잡지에 발표한다.

에밀 싱클레어라는 가명으로 『데미안』 출간

1915년　　『크눌프. 크눌프 삶의 세 가지 이야기(Knulp. Drei Geschichten aus dem Leben Knulps)』를 출간한다. 단편집 『길가(Am Weg)』, 신작 시집 『고독한 사람의 음악(Musik des Einsamen)』, 단편집 『청춘은 아름다워라(Schön ist die Jugend)』를 출간한다.

1916년　　부친이 사망하고, 아내와 막내아들의 병으로 신경 쇠약에 걸린다. 헤세는 이 시기 첫 심리 치료를 받는다.

1919년　　정치 유인물인 『차라투스트라의 귀환. 어느 독일인이 독일 젊은이들에게 보내는 한마디(Zarathustras Wiederkehr. Ein Wort an die deutsche Jugend von einem Deutschen)』를 익명으로 출간하고, 이듬해 베를린에서 실명으로 출간한다. 스위스 테신주의 몬타뇰라로 이주해 1931년까지 거주한다. 『데미안. 한 젊음의 이야기(Demian. Die Geschichte einer Jugend)』를 에밀 싱클레어라는 가명으로 출간한다. 『동화(Märchen)』를 출간, 잡지 《새로운 독일적인 것을 위하여(Vivos voco)》를 창간한다.

1920년	색채 소묘를 곁들인 열 편의 시 『화가의 시들(Gedichte des Malers)』, 『방랑(Wanderung)』, 단편집 『클링조어의 마지막 여름(Klingsors letzter Sommer)』을 출간한다. 도스토옙스키에 대한 에세이 『혼돈을 들여다보기(Blick ins Chaos)』를 출간한다.
1921년	『시선집(Ausgewählte Gedichte)』을 출간한다. 창작 활동에 위기를 느껴 카를 구스타프 융에게 정신 분석을 받는다. 『테신에서 그린 수채화 열한 점(Elf Aquarelle aus dem Tessin)』을 출간한다.

내면의 성찰 담긴 작품 발표, 나치의 탄압

1922년	『싯다르타(Siddhartha)』를 출간한다.
1923~1924년	『싱클레어의 수첩(Sinclairs Notizbuch)』을 출간한다. 마리아 베르누이와 이혼한다. 스위스 국적을 다시 취득하고, 1924년 루트 벵거와 재혼한다.
1925~1927년	1925년 『요양객(Kurgast)』을, 1926년 『그림책(Bilderbuch)』을 출간한다. 프로이센 예술원 문학 분과의 국제 위원으로 선출된다. 1927년 『뉘른베르크 여행(Die Nürnberger Reise)』, 『황

	야의 이리(Steppenwolf)』를 출간한다. 쉰 살 생일이 되던 이해에 후고 발이 쓴 헤세 전기가 출간된다. 루트 벵거와 이혼한다.
1928~1930년	1928년 『관찰(Betrachtungen)』과 『위기. 일기 한 토막(Krisis. Ein Stück Tagebuch)』을 출간한다. 1929년 신작 시집 『밤의 위로(Trost der Nacht)』를 출간, 1930년 『나르치스와 골드문트(Narziß und Goldmund)』를 출간한다.
1931년	니논 돌빈과 재혼한다. 몬타뇰라에 거주하며 『내면으로의 길(Weg nach innen)』을 출간한다.
1932년	『동방 순례(Die Morgenlandfahrt)』를 출간하고, 1943년까지 『유리알 유희(Das Glasperlenspiel)』를 집필한다.
1933~1937년	1933년 『작은 세계(Kleine Welt)』를, 1934년 시선집 『생명나무에 관하여(Vom Baum des Lebens)』를, 1935년 『우화집(Fabulierbuch)』을, 1936년 『정원에서 보낸 시간(Stunden im Garten)』을, 1937년 『기념첩(Gedenkblätter)』, 『신시집(Neue Gedichte)』, 『마비된 소년(Der lahme Knabe)』을 출간한다.
1939~1945년	헤세의 작품이 독일에서 불온하다고 간주되어 『수레바퀴 아래서』, 『황야의 이리』, 『관찰』,

『나르치스와 골드문트』가 더 이상 인쇄되지 못한다. 히틀러 집권 기간인 1933년부터 1945년까지 독일에 총 스무 권의 헤세 저서가 나와 있었는데 십이 년 동안 총 481권의 문고본밖에 팔리지 않았다. 그래서 전집은 스위스 프레츠 운트 바스무트 출판사에서 펴낸다.

노벨 문학상 수상, 몬타뇰라에서 사망

1942년	『시집(Gedichte)』이 취리히에서 헤세의 첫 시선집으로 나왔다.
1943년	『유리알 유희』를 출간한다.
1945년	시선집 『꽃 핀 가지(Der Blütenzweig)』, 미완성 소설 『베르톨트(Berthold)』, 『꿈의 여행(Traumfährte)』을 출간한다.
1946년	『전쟁과 평화(Krieg und Frieden)』를 출간한다. 헤세의 작품이 다시 독일에서 나오기 시작한다. 이해에 프랑크푸르트시의 괴테상을 수상하고, 노벨 문학상을 수상한다.
1951~1952년	1951년 『후기 산문(Späte Prosa)』과 『서간집(Briefe)』 출간, 1952년 일흔다섯 살 생일 기념으로 선집이 발간된다.

1954년	동화 『픽토어의 변신(Piktors Verwandlungen)』과 『헤르만 헤세-로망 롤랑 서한집(Briefe: Hermann Hesse - Romain Rolland)』을 출간한다.
1955년	후기 산문 『마법(Beschwörungen)』을 출간한다. 독일 서적상의 평화상을 수상한다.
1956년	헤르만 헤세상 재단이 설립된다.(바덴뷔르템베르크 독일예술후원회.)
1962년	바이블러의 헤르만 헤세 전기 『헤르만 헤세. 전기』가 출간된다. 헤세는 8월 9일 몬타뇰라에서 사망한다. 이후 독일에서 헤세에 관한 많은 작품과 연구서가 출간된다.

옮긴이 정서웅 1943년 평북 철산에서 태어났다. 서울대 독어독문학과를 졸업하고, 고려대 대학원에서 문학박사 학위를 받았다. 독일학술교류처(ADDA) 초청으로 브레멘 대학에서 교환 교수를 지냈고, 2006년부터 숙명여대 독어독문학과 교수를 역임했다. 옮긴 책으로 『독일어 시간』, 『콜린』, 『크눌프 로스할데』, 『로마체류기』, 『환상소설집』, 『스퀴데리 양』, 『디 에센셜 헤르만 헤세』 등이 있다.

환상소설

1판 1쇄 찍음 2025년 5월 28일
1판 1쇄 펴냄 2025년 6월 10일

지은이 헤르만 헤세
옮긴이 정서웅
펴낸이 박근섭, 박상준
펴낸곳 (주)민음사

출판등록 1966. 5. 19. (제16-490호)
주소 서울특별시 강남구 도산대로1길 62 강남출판문화센터 5층 (06027)
대표전화 02-515-2000 팩시밀리 02-515-2007

www.minumsa.com

ⓒ 정서웅 2025. Printed in Seoul, Korea

ISBN 978-89-374-2877-7 (03850)

* 잘못 만들어진 책은 구입처에서 교환해 드립니다.